Historia de un amor turbio

Historia de un amor turbio

Horacio Quiroga

ESMERALDA
PUBLISHING

HISTORIA DE UN AMOR TURBIO.

HORACIO QUIROGA. Esmeralda Publishing LLC.

Antecedentes:

Este título fue publicado originalmente en 1908.

Para más información, visite nuestro sitio web: www.esmeraldapublishing.com

Esmeralda Publishing y su logo son marcas registradas de Esmeralda Publishing LLC.

ISBN: 978-1-64800-016-4

Información de portada:

Interior a l'aire lliure (1892) – Ramón Casas

Diseño: Ariel Wajnerman

I

Una mañana de abril, Luis Rohán se detuvo en Florida y Bartolomé Mitre. La noche anterior había vuelto a Buenos Aires, después de año y medio de ausencia. Sentía así mayor el disgusto del aire maloliente, de la escoba matinal sacudiendo en las narices, del vaho pesadísimo de los sótanos de confitería. El bello día hacíale echar de menos su vida de allá. La mañana era admirable, con una de esas temperaturas de otoño que, sobrado frescas para una larga estación a la sombra, piden el sol durante dos cuadras nada más. La angosta franja de cielo recuadrada en lo alto evocábale la inmensidad de sus mañanas de campo, sus tempranas recorridas de monte, donde no se oían ruidos sino roces, en el aire húmedo y picante de hongos y troncos carcomidos.

De pronto sintiose cogido del brazo.

—¡Hola, Rohán! ¿De dónde diablos sale? Hace más de ocho años que no lo veo... Ocho, no; cuatro o cinco, qué sé yo... ¿De dónde sale?

Quien le detenía era un muchacho de antes, asombrosamente gordo y de frente estrechísima, al cual lo ligaba tanta amistad como la que tuviera con el cartero; pero siendo el muchacho de carácter alegre, creíase obligado a apretarle el brazo, lleno de afectuosa sorpresa.

—Del campo —repuso Rohán —. Hace cinco años que estoy allá...

—¿En la Pampa, no? No sé quién me dijo...

—No, en San Luis... ¿Y usted?

—Bien. Es decir, regular... Cada vez más flaco —agregó riéndose, como se ríe un gordo que sabe bien que habla en broma de la flacura—. Pero usted —prosiguió—, cuénteme: ¿qué hace allá? ¿Una estancia, no? No sé quién me dijo... ¡También! ¡Solo a usted se le ocurre irse a vivir al campo! Usted fue siempre raro, es cierto... ¿A qué usted mismo trabaja?

—A veces.

—¿Y sabe arar?

—Un poco.

—¿Y usted mismo ara?

—A veces...

—¡Qué notable!... ¿Y para qué?

El muchacho obeso gozaba, muy contento, a pesar de la tortura del cuello que lo congestionaba, del pantalón que bajo el chaleco lo ceñía hasta el pecho, ahogándolo. Sentíase felicísimo con la ocasión de un hombre raro que no se ofendía de sus risas.

—Sí, el otro día leí una cosa parecida... ¿Astorga, eh? ¿Tolstoi, eh? ¡Qué bueno!...

Y a pesar de todo era un buen muchacho quien le hablaba, lo que hacía pensar de nuevo a Rohán en la dosis de corrupción civilizadora que se necesita para convertir en ese imbécil escéptico a un honrado muchacho.

Por ventura, Juárez había pasado a mejor tema, informando a Rohán en tres minutos de una infinidad de cosas que este jamás hubiera soñado averiguar.

Rohán lo oía como se oye sin querer, cuando uno está distraído, la charla lejana de los peones en la chacra. De pronto Juárez notó que la mirada de su amigo pasaba fija sobre él, y callándose miró a su vez.

Dos chicas de luto avanzaban por la vereda de enfrente. Caminaban con la firme armonía de paso que adquieren las hermanas, el cuerpo erguido y las cabezas serias y decididas. Pasaron sin mirar, la vista fija adelante. Rohán las siguió con los ojos.

—Son las de Elizalde —dijo Juárez, bajando a la calle para estorbar menos y conversar mejor—. ¡Qué tiempo que no las veía! ¿Las conoce?

—Un poco...

—No lo vieron. Son monas chicas, sobre todo la más alta. Es la menor. Viven en San Fernando... Están muy pobres.

—Yo creía que tenían fortuna...

—Sí, en otro tiempo. El padre estaba bastante bien. Aunque con el tren que llevaban... Tenía hipotecado todo. Murió hace cerca de un año.

Rohán no pudo menos de hacerlo notar:

—Bien enterado...

El muchacho obeso soltó una gran carcajada, echándose adelante de risa como una mujer.

—¡No tanto, no sea tan malo! —repuso—. ¡Hay que dejar de ser pobres, amigo Rohán! No todos tenemos la suerte de heredar estancias... aunque tengamos que arar —añadió con otra carcajada, sujetándose de las solapas de Rohán con cariñosa confianza.

Se fijó así en el traje de este.

—No trabaja con esta ropa, ¿verdad?... ¿Por qué no viene de botas?

Pero Rohán se había cansado ya del excelente animalito, y caminaba solo.

Lo que Juárez ignoraba es que Rohán conocía excesivamente a las de Elizalde. Tras una amistad de diez años con la casa, Eglé, la menor, había sido su novia. La había querido inmensamente. Y allí estaban, sin embargo; ella paseando con su hermana su belleza de soltera, y él, soltero también, trabajando en el campo a doscientas leguas de Buenos Aires. ¡Eglé!... Repetíase el nombre en voz baja, con la facilidad de quien antes ha pronunciado mucho una palabra en distintos estados de ánimo. Pero, a pesar de que esas dos sílabas conocidísimas le evocaban distintamente las escenas de amor en que las pronunció con más deseo, constataba que de toda la vieja pasión no le quedaba sino el cariño al nombre, nada más. Y lo murmuraba, sintiendo únicamente al oírlo una dulzura oscura de palabra que antes expresó mucho, como los idiotas que con la vista fija repiten horas enteras: mamá...

—¡Cuánto la he querido! —se decía, esforzándose en vano por conmoverse. Recordaba las circunstancias en que se había sentido más feliz; se veía a sí mismo, la veía a ella, veía su boca, su expresión... Pero todo esto con excesiva prolijidad, esforzándose más en recordar la escena que sus sensaciones, como quien trata de fijarse bien en una cosa para contarla después a un amigo.

Caminaba siempre, pensando en ella, cuando se le ocurrió de pronto ir a verla.

¿Por qué no? Aunque después del rompimiento no había vuelto más a casa de Eglé, aquel había sido provocado por causas tan particulares de ellos dos, que no halló inconveniencia en hacerlo. Sintió sobre todo viva curiosidad de ver qué emoción sería la suya cuando se miraran en plenos ojos... Y de nuevo evocaba la mirada de amor de Eglé, deteníala largo rato ante la suya, tratando inútilmente de revivir su dicha de aquellos momentos. Sabía por Juárez que vivían en San Fernando; costaríale poco averiguar dónde.

Al día siguiente, a las tres, estaba en el Retiro. Ahora

que se acercaba a ella, que iba a verla antes de una hora, sentíase emocionado. Anticipaba mentalmente su llegada, la sorpresa, las primeras palabras, la ambigua situación... Volvía en sí, y suspiraba hondamente para recobrar su pleno equilibrio. Pero al rato recomenzaba el proceso —retrospectivo esta vez—; y así, con los ojos fijos en la ventanilla, mientras las chacras, las quintas y las casetas del guardavía colocábanse sucesivamente bajo su visual, volvió al pasado.

II

Rohán conoció a la familia de Elizalde cuando tenía veinte años. Acababa de suspender sus estudios de ingeniería,
en el comienzo, verdad es, pero no por eso con menos
disgusto de su padre, el cual desde el fondo de la estancia
mandole decir tranquilamente que, puesto que quería ser
libre, nada más justo que viviera por su cuenta y riesgo.
Rohán, por su parte, halló muy razonable la meditación pa-
terna, y poco después lograba instalarse en el Ministerio de
Obras Públicas, en calidad de dibujante. Muy pobre, pero
libre. Su padre entregose, sobre esa curiosa libertad, a las
constantes cavilaciones que provoca la falta de ambición
de un hijo inteligente, en un padre ignorante, trabajador y
económico. Hubo al fin de condensar el irresoluble problema en la fórmula más irresoluble aún: "Cómo de un padre
como yo...". Y no se preocupó más de su hijo.

Hizo bien, porque este tampoco se preocupaba de sí mismo. Un año después conocía a Lola y Mercedes Elizalde, y

la manifiesta simpatía de la familia llevábalo a frecuentar los días de recibo, y más tarde las comidas íntimas.

Indudablemente, en la afable recepción de la madre influía, como un suspiro de posible felicidad, la fortuna venidera de cierto joven amigo; pero aparte de este detalle íntimamente familiar, la dueña de casa estimaba bien a Rohán —a *de* Rohán, como decía Mercedes.

Mercedes solía ir apresuradamente a su encuentro, recibiéndolo con una profunda reverencia de otros siglos, como convenía ante el vástago de tan noble alcurnia. Hablábale a veces en tercera persona, sin dirigirse a él. Tenía diecisiete años. Era muy bella, bastante delgada de cara. Sus ojos largos y sombríos daban a su semblante, cuando estaba distraída con malestar, una expresión de sufrimiento antiguo cuya fatiga dolorosa ha quedado en el rostro, expresión de una edad mucho mayor, y común en las muchachas inteligentes que se han desarrollado muy pronto.

Sus nervios la mataban. Siendo criatura, había soñado que un pájaro le devoraba las manos a picotazos. Nunca pudo recordar ese sueño sin revivir la vieja angustia y esconder las manos. Cuando tenía quince años adquirió la costumbre de acostarse vestida, después de comer. A la una se levantaba, la casa en silencio. Iba a la sala, paseaba aburrida, tocaba un momento el piano a la sordina, miraba uno a uno los cuadros, deteniéndose ante ellos largo rato como si nunca los hubiera visto; y después de una hora volvía más aburrida a la cama.

Estando nerviosa, su tormento eran las manos: no sabía qué hacer con ellas. Rohán se reía al notarlo, y Mercedes le hacía horribles muecas que la indignación de la madre jamás podía contener. Cuanto más se burlaba Rohán, más exageraba Mercedes, aunque sabía bien que se ponía colorada y en ridículo.

En la segunda o tercera visita de Rohán, la señora habíale preguntado con afectuosa indiscreción si descendía de los duques de Rohán, de Francia. Rohán, que en ese instante se miraba las uñas de cerca, respondió:

—No, señora; mi abuelo era zapatero. —Y levantó la vista, mirando tranquilamente a la señora. La familia cruzó entre sí una rápida ojeada, aprestándose a defender altivamente la casta contra el agresivo sujeto. Pero pronto hubieron de convencerse de que Rohán parecía tener sobrada discreción —tal vez un poco despreciativa—, para agredir de ese modo.

Lola tenía veintidós años cuando Rohán la conoció. Era más bien gruesa, bastante miope, y tan blanca que sus brazos daban la impresión de estar siempre fríos. Era poco inteligente, pero con tal equilibrio mental, que no erraba casi nunca. Vestía muy bien, con innata noción del gusto. Esto escapaba a Mercedes, demasiado aguda en sus predilecciones, lo que la llenaba de fraternal envidia.

Lola no era rápida de ingenio, ni le agradaba el flirteo espiritual en que su hermana amaba precipitarse. Lo cual no obstaba para que se sonriera al oírla, pero lo hacía plácidamente, como si suspirara caminando.

Como había en ella toda la preocupación y cordura vigilante de una madre, tenía predilección por Eglé, de nueve años, bien que representara menos. Cuidaba de ella con prolijidad de hermana mayor, soltera y sensata, que hacía reír a la madre. La criatura comía a su lado, buscando el apoyo de sus ojos cuando estaba indecisa. Lola era quien la arreglaba todas las mañanas para ir al colegio. Sentada en una silla baja, con la criatura de pie entre sus muslos, observaba sin fatigarse el distinto efecto de sus lazos, con la atención estudiosa de las mujeres que observan de cerca un paño.

Rohán conoció apenas al padre. Rara vez lo hallaba, ni aún en la mesa. Era un hombre bajo y delgado, de color cetrino y ademanes bruscos. Parecía simpatizar muy poco con Rohán.

La madre tenía, bajo el aparente descuido de su bonachona negligencia de obesa, la naturaleza sensata, campesina y calculista de que salen las hijas histéricas.

III

Indudablemente, dado el modo de ser de Mercedes, era esta, de las dos hermanas, aquella con quien Rohán se hallaba más a gusto. En efecto, Mercedes y Rohán se querían cordialmente. Ni uno ni otro se esforzaban en buscar más plausible motivo a su afecto. Alguna vez, sin embargo, llevaron la gracia un poco lejos.

—¿Qué respondería usted, señorita Mercedes, si yo le dijera un día que la quiero?

—Y si el señor de Rohán estuviera seguro de que yo lo quiero, ¿qué me diría?

Tras lo cual se echaban a reír como era conveniente. Pero como fuera de estos momentos de excesiva proximidad, Rohán no estaba absolutamente enamorado de ella, las cosas quedaban ahí. La madre miraba a veces al muchacho sorprendida de su terquedad. Si en verdad todos sabían que Rohán era únicamente amigo de ellos, bien podría él comprender por qué le habían abierto la casa con esa soltura. Rohán lo comprendía muy bien; pero como contaba escasamente con su corazón, y nada con la fortuna a venir, hallaba muy satisfactoria esa equívoca situación.

En cuanto a la pequeña Eglé, sus relaciones con ella se limitaban a muy poca cosa: medio minuto de conversación, los miércoles de tarde, cuando la criatura volvía del colegio con la sirvienta. Rohán las encontraba indefectiblemente en Piedras, entre Victoria y Alsina. Él cruzaba la vereda y Eglé se detenía. Al principio, Rohán se contentaba con preguntarle cómo estaban en la casa y con enviar recuerdos. Una noche Mercedes lo fastidió dos horas con alusiones a ciertas citas que él tenía en la calle. Apenas al fin se había él dado cuenta de que se refería a sus encuentros con Eglé. El miércoles siguiente, al hallar a esta, recordó la broma y habló gravemente a la criatura, en el preciso sentido de que se encontraba profundamente dispuesto a dar un beso a su novia, Eglé. Desde entonces fue decidido por Mercedes que Rohán besaría a Eglé siempre que la hallara en la calle, cual concernía a un conquistador.

—Sus conquistas habituales son mejores; ¿verdad, Rohán? —preguntábale Mercedes con afectuosa languidez.

—A veces.

—¡Es usted tan buen mozo!

—Lo cual me alegra, porque hemos decidido con Eglé que los besos que le doy no son para ella...

—¡Ah, no! ¡Si es por eso, puede evitarlos, amigo! —cortó Mercedes desdeñosamente.

Poco después Rohán se olvidó de esto, y cuando encontraba a Eglé seguía por su vereda, contentándose las más de las veces con enviar a la criatura cortada un grave saludo con el sombrero.

IV

En estas circunstancias Rohán recibió una carta de afuera. Su padre, cansado de la falta de aspiración de su hijo, decidíase a enviarlo a Europa por un par de años. "Creo que volverás más inútil aún; pero me quedará el consuelo de haber hecho lo posible por ti".

El viaje pareciole bien a Rohán. Estaba harto de planos, lotes, colonias y tinta colorada. Además, hacía dos meses que comenzaba a preocuparle su estómago. Heredero, por parte de madre, de una notable dosis de neuropatías, había salvado hasta entonces su digestión. Verdad es que su misma tolerancia gástrica fuera excesiva, pues no hubo "bismark" ni caviar bastante especioso para sus trasnochadas.

Tenía, como todos los muchachos, el temor de debilitarse si no compensaba seis u ocho horas nocturnas —a veces de charla, únicamente— con terribles alimentos. Esa noche tenía pesadillas y se levantaba al día siguiente con la frente caliente y la boca amarga; pero muy satisfecho de haber repuesto las fuerzas perdidas. Luego había suspendido las cenas; mas el estómago, maltratado sobrado tiempo, continuaba mal.

Acogió de este modo el viaje a Europa, por lo que se refiere a su digestión, como uno de los tantos extraordinarios remedios con que cavilan los dispépticos —que nada les exigen por su parte—. Esto no obstó para que la víspera de su viaje comiera en lo de Elizalde todo aquello que es capaz de ofrecer una dueña de casa a un huésped sano y distinguido, y con más solícita razón a uno delicado del estómago.

—Un poquito de esto, Rohán; es muy liviano.

—Presumo que no, señora. Gracias.

—¡Pero un poquito, no más! ¡No puede hacerle nada!

—Me va a hacer mal, señora...

—¡No importa! Pruebe un poquito.

Rohán comía, y los cariñosos ofrecimientos continuaban, pues no hay en el mundo dueña de casa a la cual sea posible hacer comprender que uno es enfermo del estómago, o que no es precisamente cortés exigir una pésima noche en homenaje a la comida que se nos da. Una señora que sirve su mesa no hallará jamás otro motivo al rechazo de un plato, que la timidez del huésped. Este tiene el fatal deber de halagar debidamente a la señora por el honor que le hace, y de aquí la espantable respuesta que acababa de dar la de

Elizalde a Rohán:

—No importa que le haga daño...

Rohán, fastidiado, comió sin resistir más, y dos horas después tenía el ineludible puño cerrado en la boca del estómago. Su desgano aumentó, sin que el piano de Mercedes lo animara. Mercedes tocaba bien, sobre todo lo sentimental. Era ese uno de los fenómenos que más habían preocupado a Rohán. Constábale que Mercedes no sentía la música —de Chopin, por ejemplo—. Y, sin embargo, la interpretaba perfectamente. Rohán se preguntaba cómo podía de ese modo sentirla tan bien en homenaje a los hombres, sin que ella misma la sintiera; y concluía pensando que si en vez de ser conocido por melancólico, se tuviera por frívolo a Chopin, la joven tocaría de muy distinto modo.

El nocturno concluyó.

—¿Qué hace ahí, Rohán? —se volvió la ejecutante.

—Nada.

—¿Nada? ¿De veras?

—Nada. ¿Quiere que haga alguna cosa?

—Sí, váyase al balcón. Está horrible esta noche.

—¿Le duele el estómago, Rohán? —intervino la madre.

—Un poco, señora...

—No es nada. Yo a veces siento así... Pero debería cuidarse un poco más. ¡Usted es muy desarreglado!

A Rohán, que sentía aún el gordo dedo de la madre hundiéndole a la fuerza en la garganta su comida, le hizo rabiosa gracia el consejo. Sacó una silla al balcón y se sentó.

Adentro, conversaron un rato y después de un momentá-neo silencio, se levantó la voz de Lola, mientras su hermana la acompañaba, al piano. La voz de Lola no era expresiva, y aún ajustaba medianamente. Pero como todo lo que ella hacía, sus melodías tenían para Rohán una legítima se-ducción: voz de muchacha honrada que no se esfuerza por teatralizar, y que por esto mismo está llena de encanto.

V

Entretanto, la pequeña Eglé había salido al balcón. Rohán, ganado por la belleza de la noche, atrajo la criatura a sí, y comenzó distraído a acariciarle el cabello. Poco a poco Eglé se fue aproximando a su amigo; y al rato, al bajar Rohán la mirada, vio los ojos azules de Eglé fijos en los suyos con una expresión de hondo examen —o más bien que habiendo comenzado siendo examen, ahora no era sino una honda contemplación.

La criatura, al verse observada, miró a otro lado. Rohán detuvo la mano que la acariciaba y Eglé se apretó más a él.

—¿Se va? —le preguntó.

—Sí, mañana —respondió Rohán, jugando ahora con el cuello de Eglé.

—¿Se va? —repitió la pequeña al cabo de un momento.

—Sí, mi novia, sí... —repuso al fin Rohán, un poco sorprendido. Notaba algo anormal en su pequeña amiga. La criatura volvió a mirarlo, pero apartó en seguida los ojos. Un momento después los alzó de nuevo, dilatados.

—¿Usted me quiere? —le preguntó Eglé con la voz tomada.

—Te quiero mucho, Eglé...

Ella lo miró hasta el fondo con desconfiada angustia. Luego agregó, mirando a otro lado, en un como doloroso convencimiento adquirido desde hacía largo tiempo:

—Yo lo quiero mucho...

Rohán la atrajo más a sí y la besó enternecido:

—Eglé...

—¡Lo querré siempre!... —continuó Eglé, casi por llorar. Rodeó con su brazo el cuello de Rohán, y se mantuvo así estrechada a él. Rohán, mucho más conmovido de lo que hubiera creído, le preguntó en voz muy baja:

—Y cuando seas grande, ¿me querrás?

La criatura movió a uno y otro lado la cabeza, a modo de las mujeres ya formadas, cuando la pregunta lleva ya en sí su dolorosa respuesta:

—¡Sí, sí!...

—¿Y te casarás conmigo?

Eglé no respondió; pero unió más su cara a la de él, estremecida. Sus ojos fijos, llenos de lágrimas, contaron a la luna muy alta esa insuperable dicha que nunca, nunca había de llegar. No hablaba ya, abrazándole siempre y con su mejilla húmeda apretada a la de Rohán.

Rohán no sabía qué hacer. ¿Qué decir a la pequeña? Sentíase un poco en ridículo. Hasta que por fin la voz de Mercedes lo llamó adentro. Había concluido la música, y era imperdonable que un hombre bien educado, como había ciertas presunciones para creerlo en Rohán, hiciera tan mezquino caso de sus amigas que querían distraerlo.

—No, oía todo. Muy bien, Lola... Lástima grande que cuando vuelva no la oiré más.

—¿Por qué?

—Porque usted estará casada.

—¿Usted cree? —saltó Mercedes—. Con ese de ahora no; es demasiado informal para Lola. A mí me gustaría... ¿Me lo pasas, Lola?

Rohán observó:

—Si estuviera tan seguro de vivir cien años como de que la voy a hallar soltera...

Mercedes entornó los ojos, y muy lentamente:

—El señor Rohán me parece...

—¿Qué?

—¡Oiga! —prorrumpió—. Esto va a decir usted: "De nieve están cubiertos mis cabellos"...

La madre sacudió los hombros ante el continuo disparatar y se fue adentro.

Lola, desde el sofá en que se oprimía los ojos, ya con sueño, continuó:

"Un año ausente de tus ojos bellos"...

—¿Cuáles? —preguntó Rohán.

—¡Bah! —repuso Mercedes, hamacándose con las manos entre las rodillas—: Mis ojos no, señor duque... —Y lo miraba insistentemente, levantando los ojos a él desde el pouf, con una de esas sonrisitas irónicas que nos hacen pensar si no hemos perdido antes, mucho antes, alguna ocasión que ya no nos concederán.

Por fin, seriamente, Rohán se despidió. Eglé estaba apoyada muy derecha de espaldas en la cola del piano. Rohán se inclinó y le levantó el mentón.

—Adiós, Eglé.

—Adiós...

—¿Me quieres dar un beso? —le dijo con una segura sonrisa de hombre que sabe bien dominar la situación.

Pero la criatura lo miró en los ojos tan desconsoladamente, que Rohán se avergonzó de su sonrisa y no la besó.

VI

El viaje de Rohán duró ocho años. Después de una larga temporada de idilios montmartrenses —y en bohardillas, para más carácter, a ejemplo de todos los muchachos americanos que van muy jóvenes a París—, dedicose a conocer bien la pintura. Frecuentó museos y talleres con la asiduidad exagerada de quien trata de convencerse de este modo de un amor que no siente mucho; leyó cuanto es posible leer sobre arte, y al cabo de tres años de esta efervescencia de erudición, un libro cualquiera le hizo ver de otro modo las cosas, e ingresó en un taller de fotograbados, con el fin de hacerse honradamente útil. Lo primero que hizo fue comprar una blusa azul, y lo segundo pasear orgullosamente con ella. Siguió dos meses el aprendizaje. Aprendió cosas preciosas para un obrero, pero absolutamente superfluas para él. Compró una máquina completa de fotograbados para trabajar luego, aunque sabía muy bien que todo eso era en él una monstruosa farsa. Hasta que al fin, devorado de repugnancia ante sus diarios sofismas, abandonó todo.

Su padre, bastante encantado de esa febril procura de vocación, común en los seres que no tienen fuerzas para seguir la que verdaderamente sienten, esperaba.

Pero, entretanto, el estómago de su hijo, que había dejado a este en paz esos largos años, volvía a digerir por su cuenta. Tras la dispepsia llegaron los estados neurasténicos, y con estos la desesperante obsesión de sentirlos. Y los microbios, y el terror a la tuberculosis. Fueron tres años duros, sin hacer absolutamente nada —pensar no es tarea para un neurasténico— que Rohán digirió tan penosamente como su kéfir.

IX

Rohán continuó visitando con frecuencia a las de Elizalde. A pesar de los años transcurridos, el carácter especial de su amistad con Mercedes no cambió, aunque tal vez ahora las constantes provocaciones de la joven habían cobrado una forma más lánguida, más retorcida, más segura, en que se sentía ahora a la mujer formada.

Así, en una de estas ocasiones, Mercedes se obstinó en que Rohán le contara algún amor suyo. Cansado ya de rehusarse, aquel empezó de golpe:

—Había una vez una madre que tenía dos hijas, con la mayor de las cuales...

Mercedes escuchaba, inmovilizada en una de esas profundas atenciones que hacen sospechar en seguida que se está pensando en otra cosa. Muy pronto lo interrumpió:

—¿La quiso mucho?

—Mucho.

La joven quedó callada y satisfecha.

—Dígame —añadió—, ¿usted cree que a mí me hubiera podido querer así?

—Creo que no.

—¿Por qué?

—Porque usted no me hubiera querido como ella, primero; después...

Mercedes se echó a reír.

—¡Imposible! Dice muy bien. Hubiera sido preciso... ¿verdad? Sí, sin duda... ¿Y si yo lo hubiera querido? —le preguntó con los ojos y la sonrisa entera mareados.

Rohán acercó a ella el taburete hasta tocarle las rodillas.

—Veamos —dijo—. Adivine lo que tengo ganas de hacer en este momento.

—Diga.

—Suponga.

—¡No, diga!

—¡No, suponga!

Se sonrieron un largo momento, mirándose; y Rohán pudo seguir línea por línea el cambio del semblante de la joven, que con los ojos siempre entornados se iba poniendo gradualmente seria, como cuando ya comienza la emoción.

Seguramente Rohán no era más el muchacho de antes, y la joven sentía que ahora no dominaba ella la situación. Sin embargo y con todo, se atrevió.

—¿... Un beso?...

Rohán sintió el fustazo de la provocación, y los dedos se le crisparon. Resopló profundamente y optó por levantarse, poniendo, al hacerlo, una mano en las rodillas de la joven.

Mercedes siguió con los ojos su paseo, y al rato insistió aún, arrastrando la sílaba:

—¿... Sí?

—¡Pero es idiota lo que está haciendo! —se volvió bruscamente Rohán a ella con la voz dura—. Usted bien sabe que no quiero, ¿verdad? ¿A qué esas zonceras? Y sobre todo, terrible amiga, le juro que no estoy absolutamente enamorado de usted.

Mercedes lo miraba siempre, pero evidentemente sin estar ya en la situación, con esa peculiaridad femenina de apartarse de la emoción del momento, por honda que sea, para imaginar las posibles consecuencias de un cambio de situación: si ella hubiera respondido otra cosa, si él la hubiera besado, etc., etc.

Pero Eglé llegaba felizmente, y todo pasó. Cuando Rohán se fue, Mercedes le tendió sus manos en el vestíbulo, muy tranquila y alegre.

—¿Hasta mañana, no? Es decir, hasta el lunes. ¿Pero por qué no viene mañana? No lo comeremos... ¿Usted me hace el amor, Rohán?

—De ninguna manera. En cambio, es muy posible lo contrario.

La joven lo miró un instante asombrada. Llevose las manos a las faldas y le hizo una profunda reverencia, tarareando:

—Matantiru-liru-liru...

—Adiós —se rio Rohán. Pero como ella se mantenía humildísima, él le hizo a su vez una grave reverencia.

X

Su amistad con Eglé, en cambio, era bastante fría. Trató de serle agradable por vanidad, al principio, luego sinceramente, al encarnar en la espléndida mujer de ahora a la criatura que le había llorado su amor hacía ocho años. Aunque estaba seguro de que todo lo anterior fuera una enfermiza ternura de la pequeña porque su grande amigo se iba a ir muy lejos, la indiferencia de ahora —tan justa, sin embargo— le parecía excesiva.

Una noche, observándola en silencio, deploró hasta el fondo del alma no volver a ocho años atrás. La veía de perfil, apoyada de brazos sobre la cola del piano, el busto fuertemente coloreado por la pantalla punzó. Hojeaba las músicas, completamente entregada a sus ojos, en su serena y firme soledad de cuerpo deseable que tiene la perfecta seguridad de que no lo podemos tocar.

—Usted ha cambiado mucho, Eglé —rompió él después

de un largo silencio.

—¡Yo! —se volvió la joven, sorprendida.

—Sí, usted; usted era más alegre antes... Verdad es que hablo de muchos años atrás.

—Es posible... Pero ahora soy tan alegre como antes —añadió con una sonrisa.

Rohán no insistió, y callaron. En el fondo, él no quería hablar; pero se sentía a su pesar arrastrado a hacerlo.

—Lo que noto —agregó al rato— es que usted era más expansiva.

Eglé se puso seria, sin responder.

—Por lo menos me quería más —concluyó Rohán, que aunque se esforzaba en ser natural, sentía él mismo su voz tomada.

Esta vez la joven volvió la cara a él, levantando las cejas de extrañeza.

—¿Más?...

—Me parece que sí —sonrió él con esfuerzo.

—Aun creo que recuerdo la fecha...

Eglé hizo un ligero gesto de desagrado y dejó el piano, sentándose. Hubo un largo silencio.

—¿Cómo se acuerda de eso? —preguntó la joven al rato.

—No sé; me he acordado. Pero le ruego —agregó él fastidiado por el disgusto frío de los ojos de Eglé, y, sobre todo, por su fracaso —que no vea más allá de lo que he dicho. Me acordé no sé por qué, un recuerdo, ¡qué sé yo! Supongo que no creerá que hablé de eso como un reproche... ¡Lo que lamento —concluyó alterado— es haberme acordado estúpidamente de eso!

Se había levantado, paseándose con las manos en los bolsillos. Pero los dedos le cosquilleaban demasiado para tenerlos inmóviles. Cada vez que pasaba frente a la vitrina, se detenía un momento, hacía girar dos o tres chucherías, para recomenzar a la vuelta siguiente con los mismos muñecos.

—¡Usted no creerá que lo odio! —rompió de pronto Eglé con una sonrisa forzada.

—¡No, no es eso; bien lo sabe!

En ese momento Mercedes entró de la calle.

—¡Rohán, lo que he visto! ¿Y mamá? ¡Pronto, el té! ¡Me muero de hambre; de hambre, Rohán!

Voló adentro, volvió sin sombrero y se sentó frente a su amigo.

—Rohán... mi amigo Rohán... Verá —le dijo tocándole apenas la mano—. ¿Sabe a quién vi hoy? A Olmos, el gordísimo Olmos. ¿Por qué no viene un día con él?

Pero se interrumpió, observando a Rohán con atención.

—¿Qué tiene usted hoy? —le dijo.

Rohán se encogió ligeramente de hombros.

—¿Qué tiene? —prosiguió la joven—. ¡Qué horror, dígame algo! ¿Lola se encontró esta mañana con usted? Yo lo quiero mucho, Rohán...

Pero este estaba lleno de rabia con toda la casa, no hablaba una palabra, de modo que Mercedes tuvo que declarar, apretándose la cabeza, que su amigo estaba completamente imposible.

Rohán se fue casi en seguida y Eglé, más próxima a él, lo acompañó hasta el vestíbulo. Al despedirse, Eglé lo miró.

—¿Está enojado? —le dijo.

—¡Absolutamente! —repuso Rohán—. Pero le juro que jamás volveré a acordarme de nada.

Se fue, rabioso ahora consigo mismo por su respuesta que lo alejaba para siempre de Eglé. —Soy un imbécil —se decía.

Llloviznaba, y la garúa desmenuzada que irisaba su traje iba oscureciendo poco a poco el asfalto.

Caminó sin fijarse por dónde, y al llegar a la esquina de su casa se detuvo un momento; pero se decidió a continuar, vagando. No tenía sueño, y sí demasiado mal humor para acostarse a reconstruir escenas de tormento. Por fin, a las dos, entró en su casa, y con el portazo que dio pareció haber hallado un escape al hondo disgusto de sí mismo.

—¡Mejor! ¡Así se acabó todo!

Eglé...

XI

Rohán pasó una semana sin ir a lo de Elizalde. Lo que continuaba mortificándolo no era tanto la frialdad de Eglé como lo que él llamaba su torpeza de hombre de veintiocho años. "Me he entregado en diez minutos; ni siquiera he podido sostener la voz". Fueron siete días de vanidad herida; y en el fondo, sin que él se diera cuenta, de creciente amor a Eglé. A todo lo cual se agregó su estómago.

Rohán había adquirido, tras su extraordinaria cura en Europa, la convicción de que nunca más su estómago volvería a inquietarlo porque él no quería. Cuando de repente constató, casi con más fastidio por el fracaso de su razonamiento que por su malestar mismo, que, a pesar de todo, las cosas retornaban. Comenzó a despertarse con dolor en la cintura y el cuerpo molido, no obstante un sueño masivo de nueve horas. El apetito, imposible. Sin embargo, no quiso rendirse. Penetrábase con toda clara voluntad, de su aforismo de antes: "No tengo absolutamente nada en el estómago". No quería caer en la antigua tortura del estudio incisivo de cada síntoma. Su estómago, no enfermo, debía entrar en seguida en la norma que le imponía su claro diagnóstico.

Pero no hubo psicologías posibles. A los diez días una nueva crisis, si bien pasajera, reinstalábase con su angustioso séquito, y Rohán se resignó humanamente a sufrirla. Pidió licencia de un mes en el ministerio, donde había vuelto a ingresar, esta vez como subjefe de división.

Después de dos semanas de decaimiento, náuseas y chuchos, no quiso dejar pasar más tiempo sin ir a lo de Elizalde. Recibiéronle con un mar de reproches por su ingratitud.

—¡Cómo ha cambiado en pocos días! —decíale la madre—. ¿Su estómago, otra vez? Es horrible, yo sé. ¡Lo único, lo único es un régimen!

—¿No le hace mal el cigarro? —le preguntó Eglé.

Rohán volvió los ojos a ella y se asombró de la naturalidad con que Eglé lo miraba.

—No, muy poco...

—¿Por qué no se va, Rohán? —exclamó bruscamente Mercedes, que se había mantenido alejada en la sombra.

—¡Mercedes! —exclamó la madre severamente.

—¿Qué, mamá? —contestó tranquila la joven, afrontándola. Y de nuevo, más cortante aún:

—¿Por qué no se va, Rohán?

La madre suspiró levantándose pesadamente del sofá.

—El día que usted le haga caso a esta chica —explicó a

Rohán —está perdido. Y al pasar al lado de su hija extendió la mano para calmar esa cabeza loca; pero la joven apartó la cara, como si temiera ser quemada. Eglé siguió a su madre. Pasado un momento, Rohán fue a sentarse al lado de Mercedes.

—¿Por qué quiere que me vaya? —le preguntó. La joven, sombría, lo miraba con los ojos entrecerrados.

—¡Váyase!

—De ningún modo, si no me dice por qué.

—¡Váyase!

Rohán la miró detenidamente.

—Cuidado —le dijo en voz baja —porque va a llorar.

Mercedes se encogió de hombros. Luego agregó desdeñosamente:

—Porque lo quiero demasiado, ¿verdad?

Y casi sin transición, volviéndose a Rohán, de frente:

—¡Veamos!, sea franco.

—Veamos —asintió él, acercándose más.

—¿Usted es franco?

—Franco.

—¿No va a mentir?

—No voy a mentir.

Mercedes lo miró hasta el fondo sin que ni uno ni otro perdieran su gravedad.

—¿Usted cree que lo quiero? —dijo ella por fin. Rohán le contestó seriamente:

—No.

—¿Verdad?

—Verdad.

La joven lo observaba sin verlo, como en la vez anterior, pensando en lo que habría sucedido si él hubiese respondido...

Rohán acababa de ponerse de pie, cuando Mercedes le tendió las manos.

—Levánteme —le dijo.

Rohán notó claro el cambio de su voz. Prestó oído: Eglé tocaba el piano en la sala. La levantó entonces, y aprovechando el mismo impulso, cruzó sus manos detrás de la cintura de la joven y la besó en la boca. Ella lo rechazó bruscamente, Rohán se compuso maquinalmente la corbata y entró en la sala.

Cuando después de media hora Mercedes fue a su vez a la sala, la madre defendía a Europa de Rohán, que mostraba una agresión extremada, si bien riéndose.

—¡Pero vamos a ver! —objetaba la madre—. ¿Por qué dice eso? Usted ha estado ocho años, es inteligente, sabe francés... Sí, sí, no te rías, Eglé; podría haber vivido mucho allá y no saberlo, ¿verdad? ¿Y por qué no le gusta? ¡Qué hombre!

—Sí, me gusta...

—¡Pero hace un momento decía lo contrario!

—No, señora; me refería a las mujeres.

—¡Salga! ¡Si usted mismo no cree lo que está diciendo!

—Le juro que sí.

—¡Sobre todo lo que decía hoy!

—Eso más que nada. Figúrese que una vez…

Aunque un poco espantada, se reía de los disparates de Rohán. En un instante de silencio, Mercedes levantó la voz:

—Rohán, que es tan inteligente, debe saberlo.

El sarcasmo de la voz fue tan visible que todos se volvieron a ella.

—¿Otra vez, mi hija? —prorrumpió la madre sorprendida. La joven, sin dignarse responderle, no apartaba los ojos de Rohán.

—Se supone todo lo contrario, ¿no? —sonriose este, inseguro.

—¿Y cómo quiere que se lo diga? —clamó Mercedes con rabia.

Rohán se encontró violento, a pesar de su confianza con la familia.

—¿Qué le ha hecho? —le preguntó inquieta la madre.

—Nada, absolutamente nada… —respondió él, temiendo horriblemente en su interior una escapada de nervios de su amiga. Y como esta no apartaba de él sus ojos de sombrío combate, apresurose a reanudar la discusión.

Al conciliado final de ella, Rohán se volvió a Eglé, que había tenido los ojos fijos en él mientras hablaba.

—Y a usted, ¿le gusta Europa?

—¡Sí, mucho! —le contestó ella sonriendo.

Tras sus ataques paradójicos —pero ataques siempre— Rohán había temido que Eglé quisiera halagarlo, poniéndose servilmente de su parte. Sintiose orgulloso de ella.

—¡Ah! Nos olvidábamos de decirle —detuvo la madre a Rohán, al despedirse—. El martes nos vamos a la quinta. Hace mucho calor aquí, y mi corazón... ¿Irá pronto a vernos? ¿Sigue un régimen, no? Cuídese mucho; yo sé lo que es el estómago. Lola, el primer año de casada, sufrió también horriblemente. Ahora lo hallo mucho mejor —concluyó observándolo.

—Sí, señora, de noche; pero mañana recomienza la fiesta. En fin, hasta pronto.

Mercedes se había acostado ya, de pésimo humor. Eglé lo acompañó otra vez.

—¿Irá pronto? —le dijo al darle la mano.

Rohán la miró y vio sus ojos azules turbados, a pesar de la tranquilidad de la voz. Los párpados le temblaban imperceptiblemente. El detuvo la mano en la suya.

—¿De veras? —le dijo en voz baja.

Eglé la desprendió con una sonrisa.

—De veras.

Rohán salió caminando apresuradamente, loco de contento. No veía otra cosa que su último momento con Eglé, su Eglé, su pequeña Eglé, desahogando su bullente felicidad en acelerada marcha y apretones de puño dentro de los bolsillos hasta reírse él mismo de su entusiasmo.

XII

Al día siguiente, ya a las dos, estaba en lo de Elizalde. Pero no pudo ver ni a Mercedes ni a Eglé, pues ambas habían ido después de almorzar a la quinta a arreglar un poco aquello. Tuvo así que resignarse a perder un cuarto de hora con la madre.

—¡Qué horror, Rohán! ¡Tiene un semblante atroz! ¿Pasó mala noche, no? ¿Pero es posible que tenga frío con este día? —añadió fijándose en el sobretodo de aquel—. ¡Bájese el cuello, por lo menos! —concluyó riendo.

Pero Rohán tenía demasiada experiencia de sus fríos para condescender con la maternal solicitud; ni aún sacó la mano de los bolsillos. Tuvo que irse, fastidiado de su fracaso.

Pasaron luego ocho días malos. Al fin, repuesto, fue a Constitución, y veinticinco minutos de viaje pareciéronle abrumadoramente largos. Dos o tres veces miró inquieto el sol, temiendo llegar demasiado tarde. Quería verla en plena luz, ver bien sus ojos, con el ligero fruncimiento de cejas que le era habitual cuando miraba con atento cariño. Llegó a Lomas, transpuso el puente sin apresurarse —ahora que iba a verla—, como si se debiera ese sacrificio de amor. Desde la primera curva de la avenida Meeks distinguió el blanco grupo en la vereda —la madre y Eglé sentadas en el banco de piedra, Mercedes recostada con las manos a la espalda en un paraíso. Al cruzar la calle lo conocieron. Mercedes avanzó a su encuentro afectando no verlo, para evitar la ridícula y cariñosa situación de dos amigos que reconociéndose de lejos no pueden dejar de reírse.

La joven lo recibió como si no recordara más su última noche.

—¿Sanó ya? ¡Qué felicidad! ¡Qué aburrimiento, Rohán! ¿Se queda a comer, verdad? ¿Sí? ¿Se quedará?

Como la insistencia estaba llena de la más cordial buena fe, y su intención, por otro lado, no era otra, respondió que sí. En cambio, notó desde la primera mirada que Eglé no quería acordarse de nada. Saludó a Rohán rápidamente, volviéndose en seguida a comentar con su madre un grupo que pasaba por la vereda de enfrente. La indiferencia era excesiva para ser sincera; pero aun así Rohán sufrió un golpe doloroso. Prosiguió charlando con Mercedes, sin dejar ver en lo más mínimo su desengaño. Al revés de lo que le acontecía cuando estaba solo, en que todas sus emociones transparentábanse en el semblante, en presencia de gente disimulaba aquellas perfectamente.

—¡Qué tarde divina! —suspiró al rato la madre mirando al cielo—. No sé por qué no vivimos aquí siempre... ¿Caminemos, le parece?

Se pusieron en marcha, siguiendo la Avenida hacia Temperley. A cada instante tenían que apartarse ante el ciclismo titubeante de chicas con capota blanca caída atrás, cuyas ayas prestaban el hombro dormido al incipiente equilibrio. No siendo posible marchar sosegadamente, tomaron una avenida transversal, al oeste.

Caminaban despacio; Mercedes y Eglé iban adelante, dejando jugar los brazos pendientes alrededor de las caderas. Cantaban en voz baja. De pronto Mercedes se quejó:

—¡Eglé, por favor!...

Eglé tenía muy poca voz y aun afinaba mal. Acostumbrada a las protestas musicales de su hermana, sonriose sin interrumpirse. Rohán miró a Eglé con profunda ternura.

—¡Qué tarde! —tornó a repetir la madre, como si jamás hubiera visto una tarde igual. Todos se detuvieron, sin embargo, volviéndose hacia el camino recorrido.

El crepúsculo era realmente apacible en su frescura húmeda de quinta. La calle adoquinada, limpia por el aguacero del mediodía, albeaba todavía en el centro de la calzada, entre la doble fila de paraísos y álamos, cuyo follaje sombrío oscurecía ya las veredas. No hacía viento; todos los molinos estaban inmóviles. Las voces, cortadas, se oían claras y distintas en las quintas vecinas —las voces de mujer sobre todo—. A pesar del olor a carbón que enviaba la vía, llegaba hasta ellos de vez en cuando, en vahos purísimos, el fresco olor de los eucaliptos de Temperley, cuya masa pizarrosa se confundía al suroeste con el cielo. Una tenue neblina esfumaba las frondas quietas, adormecía el paisaje, dando al atardecer moroso y sin viento una tranquilidad edénica.

Volvieron lentamente, y era ya de noche cuando llegaron a la quinta. Después de comer repitiose el paseo; esta vez Rohán al lado de Eglé, dirigiendo juntos la marcha hacia Temperley.

—¡Cuidado, Rohán! —alzó Mercedes la voz tras ellos. Ambos volvieron el rostro. Mercedes, que avanzaba con la cabeza al aire, articulaba lentamente:

—"Había una vez un joven pobre que amaba"...

La insinuación era demasiado directa para que los jóvenes no se sonrieran; pero continuaron serios, embargados por esa precipitación fuera de tiempo.

Rohán tenía locos deseos de aclarar su situación —quererse francamente—. Pero temía con horror dar otro paso en falso. Después de la primera noche en que habló con Eglé, al recordarle el cariño que ella le había tenido, sentía siempre la vergüenza de que Eglé creyera que él había evocado fatuamente su apasionamiento de criatura para exigirle su amor de mujer.

Caminaban uno al lado del otro, muy ocupados en observar atentamente cada carruaje del corso. Pronto pasaron el límite de este. Eglé, seria miraba obstinadamente la calle, los ojos agrandados en una expresión de inquieta espera.

—Poca animación —dijo de pronto Rohán. Sabía bien que no la iba a engañar con esa frase indiferente y que ambos se conocían turbados; pero no se le ocurrió nada mejor. Eglé se lo agradeció en su interior.

—Sí, muy poca —repuso—. Y con la tarde tan linda...

Callaron de nuevo.

—¿Le agrada que haya venido? —dijo de pronto Rohán, con la voz un poco baja y ronca de cariño.

Eglé arrugó la frente, tardando un momento en contestar.

—¿Por qué? —preguntó al fin.

—¡Por lo pronto —respondió él secamente— porque creía que eso le iba a agradar! —Tiró el cigarro y se abotonó el saco con los dedos nerviosos.

—¡Francamente —agregó— es usted admirable! Si no temiera disgustarla más de lo que le disgustan mis ridiculeces, le diría el nombre justo de lo que está haciendo.

La joven se rebeló.

—¿Qué hago yo?

Rohán la miró con toda la rabia que despertaba en él ese vil coqueteo.

—¡Lástima que no pueda decirle nada! —concluyó amargamente, volviendo los ojos a la calle.

Prosiguieron, mudos. Detuviéronse debajo de un farol, una cuadra antes de llegar a Temperley, mirando ambos obstinadamente a Mercedes y la madre, que avanzaban lentamente hacia ellos, bajo el umbroso cenador de los paraísos.

Eglé se volvió a él.

—¿He hecho mal? —le preguntó con la voz sumisa.

—¡Claro! —respondió él violentamente sin volverse. Y continuó mirando a lo lejos, el ceño contraído y dolorido hasta el fondo del alma.

Volvieron —Rohán esta vez con Mercedes, pero presa de un seco mutismo. Cuando llegaron a la quinta detuviéronse agrupados en el portón, y la familia entera saludó a sus vecinas, también en la verja, Rohán se hallaba de espaldas a la calle.

—¡Pero Rohán, salude a las de enfrente! —le dijo Mercedes rápidamente y en voz baja, sin dejar de inclinarse y sonreír a las vecinas.

—¡Oh, no tengo ganas! —respondió Rohán fastidiado. A pesar de las instancias de Mercedes para que se quedara a comer, marchose en seguida a la estación. Se abrió un poco brutalmente camino entre los tercetos y cuartetos del brazo que colmaban el andén, subió en el primer tren que pasó, tiró el sombrero al lado, recostó la cabeza y cerró los ojos, hundiéndose amargamente en ese derrumbe total de su corazón, porque comprendía que después de lo que había dicho no le era ya posible recomenzar jamás.

XIII

Pasaron dos meses. Rohán y Eglé gastaban sus nervios simulando perfecta indiferencia. Cuando la conversación era general, y sobre todo cuando el grupo prestaba atención a una sola persona, observábanse fugitivamente. A veces sus miradas se encontraban, y desde ese momento ambos insistían infantilmente en dirigirse la palabra con la más clara expresión de naturalidad, para que Rohán no supiera... para que Eglé no llegara a creer..., etc.

Se llamaban a veces por el nombre de un extremo a otro del comedor, a fin de darse prueba de cabal dominio de sí. Pero ambos sabían que, a pesar de esto, no lograban engañarse uno a otro y que su amor continuaba creciendo en el fondo de esas bravatas.

Una mañana, después de ocho días de ausencia de Lomas, Rohán se encontró con la familia en el centro y tuvo que acompañarla a la estación. Dos o tres choques picantes con Mercedes lo distrajeron felizmente de la inmediación excesiva de Eglé, sentada a su frente. En el andén logró aislarse con Mercedes en un ambiguo y mareante *tête à tête*, forzando a tal punto la libertad de historias que ella le concedía, que la joven tuvo que advertirle dos o tres veces que era absolutamente imposible seguir oyéndolo.

Llegaron caminando hasta la locomotora, y el crudo resplandor del día les hizo volver en seguida adentro, a la sedante luz tamizada en que los ojos descansaban. Sobre el *portland* luciente sus pasos resonaban claros a contratiempo. Una carcajada que Mercedes no pudo contener se propagó nítida hasta el portón de entrada.

Al sonar la campana, Rohán subió con ellas un momento, sentándose al lado de la madre. Eglé se colocó junto a la ventanilla, mirando hacia el portón. Mercedes, el busto erguido, cruzó la sombrilla bajo las rodillas, como si fuera en auto sentada en el medio. Tenía la mirada febril y se mordía sin cesar los labios por dentro. Rohán miró el reloj.

—¡Cuándo va a vernos, Rohán! —quejose la madre, aunque en verdad la queja era por el calor que hervía dentro de su enorme corsé—. Hace quince días que ha desaparecido, ¿Está enfermo otra vez?

—No, señora, iré pronto...

—¿De veras?

—Sí, mamá, mañana —afirmó brevemente Mercedes.

—¿Lo esperamos uno de estos días? —continuó la madre,

sin hacer caso de su hija.

—¡Mamá, te digo!.. —sacudió Mercedes la cabeza impacientada.

—Muy bien; iré mañana, señora. Como su señorita hija tiene especial empeño en que vaya...

—¡Ah, no! —lo detuvo la joven—. ¡Ah, no! Yo no deseo absolutamente nada; ¡muchas gracias! Solamente —añadió mirando fastidiada a otra parte— que de Rohán se muere por ir.

Rohán vio claramente a dónde iba, y la desafió.

—¿Por ir, nada más?

—¡Y por Eglé! —acentuó claramente Mercedes.

Eglé volvió la cabeza y lanzó a Rohán una disgustada y fría mirada. La madre levantó la vista a su hija mayor, con perfecta incomprensión de madre que no quiere comprender.

—¡Nada, mamá! —respondió Mercedes a esa muda interrogación—. Hablo con Rohán.

Rohán, por su parte, mortificado, no hallaba qué decir.

—¡Qué penetración! —se le ocurrió al fin, consciente mientras se le ocurría, lo decía y acababa de decirlo, de que aquello era una vulgaridad. La joven lo comprendió también y su boca se entreabrió en una cruel sonrisa.

—Hubiera creído que los hombres son más inte... ocurrentes —se corrigió.

—¡Mercedes! —clamó la madre.

—¡Bueno, inteligentes!, ¡In-te-li-gen-tes! ¡Así! ¡Yo no tengo la culpa si Rohán dice pavadas!

Continuaba desafiante, la sombrilla perfectamente equilibrada entre las manos. La madre miró a Rohán, y Eglé volviose de perfil a su hermana; pero como esta seguía vibrante, cambió con Rohán una sonrisa forzada, riéndose en seguida con la madre. Cruzose de piernas y se arrellanó en su rincón, seria de nuevo.

El tren partía. Rohán cruzó un rápido saludo de manos con la madre y Eglé; y tuvo que detenerse allí, porque Mercedes, por toda respuesta a su mano extendida, se había contentado con encogerse de hombros.

XIV

Pasaron quince días después de este encuentro antes que Rohán fuera a Lomas. Pero soportó alegremente los duros reproches de ingratitud por su ausencia, a pesar de que el saludo de Mercedes no había sido de lo más cordial.

—¡Qué alegre está hoy! —observó al fin Mercedes, volviendo a medias la cabeza a él.

—Sí, hoy estoy bien —respondió Rohán. Y acercándose a ella, muy cordial—: Solo me hace falta su cariño.

Mercedes echó la cabeza atrás, entornando los ojos.

—¿No se va a morir, Rohán?

Rohán fue y se detuvo francamente ante ella:

—Hagamos las paces —le dijo con lealtad. Pero tan cerca de ella estaba, que sintió el perfume de su carne distendiéndole los nervios en una ola de profunda languidez. Recorrió una por una sus facciones y se detuvo en la boca entreabierta de la joven. Mercedes hizo a su vez el mismo examen de facciones, deteniéndose también por fin en la boca de él. Pero tuvieron que apartarse, un muchachote pecoso pasó por la vereda en bicicleta, volvió la cabeza sobre el hombro y miró fijamente a Mercedes. Eglé y la madre, muy separadas, retornaban lentamente del breve paseo a la esquina.

Comenzaba a anochecer. Rohán, que en las dos o tres veces que fuera a Lomas los domingos de tarde, había tenido la dicha de hallar a las de Elizalde sin deseos de pasear en el corso, tuvo entonces que resignarse a entrar con ellas, oprimidos en la estrecha caja del *break*, saludando, cubriéndose de polvo, sin más diversión para Rohán que ver las eternas e insistentes miradas masculinas a Eglé.

El enojo de Mercedes con su amigo no cesaba. Más tarde, en la mesa, se refería siempre a *de* Rohán con incisiva negligencia.

—¿Te fijaste, mamá, en las de Santa Coloma? Ya no saben cómo mirarnos. La menor nos devoraba con los ojos. A menos que mirara a de Rohán —añadió, haciendo correr dos dedos su copa sobre el mantel.

Pero Rohán habíase dispuesto a responder con obstinada buena fe.

—¿Cree?... —dijo—. No es muy posible, porque no me conocen... No me fijé.

—Es una dicha —sonrió la joven compasiva. Continuaba mortificándolo, no obstante el visible cansancio de Rohán por esa agresión sin fin. La madre intervino inútilmente dos o tres veces. Los sarcasmos de Mercedes, exasperados por la porfiada mansedumbre de Rohán, llegaban ya a un grado intolerable, cuando de pronto la joven levantó el mantel y miró bajo la mesa:

—No se estire tanto, Rohán, que me va a tocar los pies.

Rohán se volvió sorprendido, y en ese instante sintió su propio pie estrechado, entre dos zapatos de charol. Mercedes, inmóvil, lo miraba con una turbia expresión de provocación y mareo.

Antes que Rohán hubiera tenido tiempo de hacer el menor movimiento, Mercedes había retirado sus pies sin hacer ruido.

—No alcanzo, Mercedes... —respondió Rohán. Aunque quiso hablar ligeramente, su voz a él mismo le sonó a falso. Eglé miró a su hermana con atención. La madre, fastidiada al fin, dijo que esas no eran las bromas más adecuadas en una niña... aunque se tratase de Rohán. Este se echó a reír.

—¿Soy tan poco peligroso?

La madre miró a todos.

—¿Quién ha dicho eso? ¡Oh, por favor, Rohán! Quiero decir que aun para usted, que es de la casa y juega con ella misma, esas bromas son demasiado fuertes. ¡Sobre todo en una niña! —insistió severa, señalando a su hija con el mentón.

—¡Bueno, mamá! ¡Bueno, mamá! Me arrepiento de todo.

Quiero ser juiciosísima, más juiciosa que Eglé. Perdón, mamá; perdón, Rohán...

La madre miró a Rohán con lástima por la ligera cabeza de su hija, aunque también con visible orgullo. Evidentemente tenía debilidad por Mercedes.

Los antebrazos volvieron tranquilos al mantel. A pesar de la paz, la noche pesaba un poco sobre los nervios de Mercedes. Quería estar seria, y de pronto rompía en una carcajada timpánica, bruscamente cortada. Un rato después no pudo más, y durante dos minutos se rio con el ritmo en cascada y contagioso de las chicas histéricas. Mientras nadie hablaba, las carcajadas decrecían hasta perderse y la joven quedaba inmóvil, como abismada. Pero en cuanto se decía cualquier cosa, la risa volvía a jugar convulsiva en sus hombros. Por fin sus nervios se aplacaron, si bien la joven tuvo que evitar por largo rato mirar a nadie.

Habían concluido de cenar, entretanto. Eglé, la cara apoyada en la mano, hacía vibrar un bol. El lamento del cristal surgía temblando del agua irisada y ondulaba en el aire con una pureza de diapasón.

—Mi hija, deja eso —habíale dicho la madre, cuidadosa de la corrección. Pero Eglé, pensativa, no suspendió su juego.

—¿Y si fuéramos a la estación? —rompió Mercedes, serenada ya—. ¿Vamos, Rohán? ¿Mamá? ¿Eglé?...

No era aquella una solución extraordinaria, pero Rohán

la aceptó de buen grado. La madre fue un momento a arreglarse, seguida de Eglé.

—¡Venga, Rohán! —exclamó Mercedes, componiéndose rápidamente la falda—. Vamos a esperarlos en la puerta. Deme el brazo, para probarme que no está enojado conmigo.

Antes de llegar a la verja, Rohán se detuvo ante la joven, cogiola de las manos y la miró en plenos ojos. Ella intentó débilmente echarse atrás; pero como él no se movía, respondió a la mirada de su amigo con una esforzada sonrisa.

—¡Qué lástima! —murmuró Rohán balanceándola ligeramente. La recogió de la cintura y aproximó su cara. Mercedes no intentó desprender su boca, ni devolvió el beso. Sintió un largo instante sus labios oprimidos, gustando así, inmóvil, el mismo fuego que Rohán, abrasándose en su boca.

Cuando este desprendió la suya, Mercedes se desprendió también de sus brazos, y siguió lentamente hacia la verja. Apoyose de espaldas en un paraíso y miró la luna sin pestañear. Rohán, frente a ella, se sentó en el banco de piedra, sin ánimo para dirigirle una sola palabra.

—¡Qué hermosa noche! —murmuró Mercedes. Rohán no respondió. Al rato la joven, con la mirada fija siempre en la luna, añadió lenta:

—¿Usted sabe que Eglé lo quiere?

Rohán sintió una instantánea y profunda ternura por

Mercedes; le pareció que había equivocado su amor hasta ese momento; que era a ella, a Mercedes, a quien quería.

—¿Tiene celos de usted? —murmuró.

Por toda respuesta, la joven se encogió ligeramente de hombros. La luna de plata agrandaba sus ojos fijos. Pasó un nuevo rato de completa inmovilidad.

—Tengo ganas de llorar —dijo Mercedes suavemente.

Rohán se levantó. Su cariño llegaba ahora a la compasión, a esa profunda compasión hecha de un verdadero río de ternura que brota del corazón masculino tocado en ciertas fibras; esa misma compasión que nos hace decir, sin motivo alguno para ello, acariciando a la mujer amada: "¡Pobrecita! ¡Pobre, mi amor!"...

A tiempo de levantarse, se contuvo: la madre y Eglé llegaban, esta con distinto peinado. Rohán la miró con la impresión de haber dejado de verla por varios meses, y sobre todo como si hubiera perdido el recuerdo de su hermosura. La observó encantado, y con una honda inspiración a la sola idea de poder llegar un día a besarla.

XV

La estación desbordaba de gente. Habiendo entrado por el pasadizo norte, tuvieron que detenerse allí, en la más absoluta imposibilidad de dar otro paso. No quedó a las de Elizalde otra acción que medir a las paseantes de una ojeada, y cambiar a su respecto breves palabras. Rohán, por su parte, admiraba la paciencia con que las chicas soportaban el examen. De lejos sabían aquellas que al llegar allí iban a ser desmenuzadas; y sin embargo las pobres muchachas, incontestablemente mal vestidas, avanzaban sin la menor turbación hacia las de Elizalde, erectas e impasibles en la seguridad de su vestir intachable. Rohán, en disposición de ternezas esa noche, sentía gran simpatía por las pobres chicas.

Un riente saludo de sus amigas hacia el andén opuesto, lo distrajo.

—Crucemos —dijo la madre—. Son las de Olivar; vamos a charlar un momento.

Sobre todo, era más distinguido pasear por allá. Abriéronse paso como les fue posible y los dos grupos se unieron. No obstante poder caminar ahora en paz, el runruneo de enfrente atraía sus ojos, y entre la conversación general, los comentarios proseguían, esta vez con saña doble por tratarse de las familias *comm'il faut*.

Desde allí parecía a Rohán más espantoso el rodeo ovino de los paseantes. Iban de un lado a otro, dándose vuelta infaliblemente en cada extremo del andén, como si allí concluyera el mundo. Hacíanlo con lentitud solemne, las caras enrojecidas y sudorosas. Ese lento y obstinado vaivén, visto tras el enrejado de alambre, daba a Rohán una impresión de maniobra porfiada e irracional que ya nos ha acongojado en pesadilla. Y a través de todo esto, los rápidos ululando a toda velocidad, con su cola de viento que montaba los papeles de la vía sobre el andén y hundía los vestidos entre los muslos.

Por fin se retiraron. Eglé y Rohán marchaban adelante, sin cruzar una palabra. También la joven regresaba pensativa.

—¿Se divirtió? —rompió Rohán.

—No mucho —respondió Eglé, llevándose las manos a las sienes.

—¿Le duele la cabeza?...

—No, me pesa un poco. ¡Qué aburrimiento! No sé cómo a Mercedes le gusta eso...

—Ella tiene otro modo de ser... A mí tampoco me divierte.

—Yo creía que sí…

—Absolutamente.

Se callaron. Al cabo de un rato, Rohán observó:

—Curioso que tengamos el mismo gusto…

Porque a pesar del silencio de Eglé, habíale parecido a Rohán notar en el *break*, primero; luego en la mesa, y un momento antes en la estación, ciertas miradas de fugitiva y honda fijeza, y que la joven había tenido la precaución de disimular todo lo posible. —Esta noche me quiere —se dijo. Y el demonio de la impulsividad que nos ha hecho perder tantas ocasiones por no contemporizar, le subió incontenible desde el corazón.

—¿Oyó lo que le dije?

—¡Eglé! —llamó la madre de atrás en ese instante. La joven se volvió.

—¿Qué?

—No caminen tan ligero…

—Oí —respondió despacio Eglé, mirando al mismo tiempo a su madre, mientras agregaba en alta voz—: Bueno, ya vamos a llegar…

Rohán vio por tercera vez el camino abierto, pero recordó también los desencantos anteriores. —Apenas le diga algo concreto —se dijo—, se va a cerrar de nuevo. —Sentíase rabioso ahora—: Si piensa que le voy a dar ese gusto, ¡estúpida!…

Como siempre, en estos casos, forzaba la expresión, para

afianzarse así en un estado de odio ficticio que se creaba él mismo para resistir mejor.

Llegaron a la quinta, mudos de nuevo. Fueron todos a la sala, donde Mercedes tocó el piano con mucha más apacibilidad de la que hacían presentir sus nervios de esa tarde. Momentos después Eglé reemplazaba a su hermana, y Rohán quedaba solo con ella en el salón. La joven prosiguió tocando; pero poco a poco sus piezas no alcanzaron ni a la mitad, concretándose luego a ligar acordes. Hasta que al fin se volvió a Rohán:

—¿Qué quiere que toque?

—Lo que usted quiera...

Al oír la nueva pieza, Rohán se sorprendió. Era una cosa vieja, no oída hacía mucho tiempo, y a cuya época volvió de golpe, recorriendo en un segundo todos los cambios sobrevenidos. Cuando concluyó:

—Qué tiempo que no oía esto... ¿Creo que se lo he oído tocar a ustedes antes? —la interrogó.

—Cierto, es verdad —asintió Eglé. Y sin apartar los ojos de la partitura:

—Mercedes lo tocaba la noche en que usted se fue.

La evocación era demasiado viva para que no lo tornara fosco de golpe. Desde el sofá —la cabeza echada atrás— la veía de perfil. Sus ojos, que bajaban fugazmente al teclado, estaban contraídos por la luz de frente y el esfuerzo de la lectura. Ahora que la atención de su trabajo la hacía olvidarse de su fisonomía, sus rasgos se acentuaban con un gesto un poco duro que debía de ser indudablemente su expresión natural a solas.

Rohán recorría detalle a detalle su cuerpo. El más nimio tenía para él en ese instante una sugestión incisiva; y como notara un alfiler salido a medias del cuello del vestido, eso solo inundó su pecho con una profunda ola de viril ternura. Sentía deseos locos de abrazarla, de protegerla, y la misma bizarra compasión de antes le traía a la boca: —"¡Pobre! ¡Pobre!".

Se lanzó en la sima que se abría ante él:

—¿Qué edad tenía usted cuando yo me fui?

El pretexto para recomenzar era infantil; pero la efusión de su amor lo entregaba como un niño.

—Ocho años. Era muy chica... —agregó Eglé.

—¡Sí, ya sé! —replicó él secamente—. No he querido decir nada.

Eglé detuvo su mirada en la de él un segundo, pero el tiempo suficiente para que Rohán, por cuarta vez en el día, percibiera la intensa expresión ya aludida.

—Lo he dicho sin intención —se excusó Eglé.

—Creo —murmuró Rohán.

Pero siempre sin apartar los ojos del mismo punto de la música, la joven agregó:

—¿Porque lo quería mucho, verdad?

—Sí —afirmó él. Y acentuó con doloroso sarcasmo—: *Me*

quería mucho...

Pero a pesar suyo, la verdad de su gran cariño lo entregó en otro tumultuoso impulso:

—¿Se acuerda del balcón?

—Me acuerdo... —murmuró Eglé, aproximando más la cabeza a la difícil música.

Rohán, con el cielo abierto de golpe, se levantó, fue a su lado y puso torpemente su mano sobre la de Eglé.

—¿Me quiere siempre? —le preguntó con la voz tomadísima de emoción. Eglé alzó la cabeza y lo miró sonriente y turbada de felicidad:

—Siempre...

Rohán se inclinó entonces sobre ella, levantole la cara del mentón y unió su boca a la suya. El beso fue tan largo, tan apretado, que Eglé salió de él fatigada, rendida por ese amor que entregaba al fin en un beso.

Después de media hora se levantaron y salieron al balcón. No sabían qué decirse de alegría; se miraban riendo.

En la noche clara, la luna brillaba, luminosa sobre su inmensa dicha. El jardín, húmedo al fin de rocío, elevaba al cielo su serena esperanza. Mercedes, desde la verja, los vio.

—¿Por qué no bajan, Eglé? Está fresco aquí...

—No podemos —contestó Rohán.

—No podemos —repitió Eglé.

Mercedes, después de observarlos un momento, habló con la madre en voz baja y subieron juntas.

XVI

A la mañana siguiente Mercedes se levantó más temprano que de costumbre. Eglé, con la sábana a los pies, dormía aún. Se desayunó desganada y bajó al jardín. La mañana, fresca y llena de sol, le hizo entornar los ojos, todavía no bien despiertos. Caminó un rato distraída de aquí para allá, sin resolución precisa ni vaga de hacer nada. Al fin se detuvo, suspiró profundamente oprimiéndose la cintura con las manos y miró a todos lados, aburrida. No sabía qué hacer. Pensó un momento en tocar el piano, pero sentíase llena de pereza de hacer ruido ella misma. Concluyó por subir a su cuarto y volvió con un libro. Sentose en un banco y releyó atentamente el título cuatro o cinco veces con la mente vaga. Vio así una hormiga que cruzaba el sendero y la siguió con los ojos hasta que se perdió en el césped. Luego levantó la cabeza y el sol le hizo cerrar los ojos. Trató de afrontarlo, usando su mano de pantalla, y por mucho que se esforzó, aun cerrando del todo un ojo y abriendo el otro apenas, la luz la deslumbraba. Resignose y se sentó de costado, la cabeza en la mano. Entretúvose largo rato con las conchillas, que desparramaba en semicírculo. Su zapato provocó en seguida su atención y extendió ambos pies cuanto le fue posible. Quedose un momento mirándolos, pensativa. Luego, más pensativa aún, subió lentamente las faldas hasta media pierna. De pronto las dejó caer con un movimiento brusco, mirando inquieta alrededor.

Volvió al libro, abriolo al azar y no entendió una palabra. Lo dejó a un lado desganada, abrazose las rodillas cruzadas y tornó a suspirar, mirando a todos lados. ¿Qué hacer? Decidiose al fin a ir a despertar a su hermana, ocupación siempre grata para otra hermana aburrida. Subió de nuevo, abrió la ventana de par en par y sacudió a Eglé del hombro.

—¡Son las diez, Eglé!

Eglé murmuró sin abrir los ojos, tratando de volverse a la pared:

—Tengo sueño... —Pero su hermana cerró el tibio camino con el brazo.

—¡No, levántate! ¡Si vieras!... Estoy más aburrida...

Eglé entregose sin hacer más resistencia. Se vistió en silencio con prolijo esmero, mirándose larga y pensativamente en el espejo, como si no recordara ya su cara. Ya peinada salió al balcón, pasando el brazo por la cintura de su hermana.

El sol, más fuerte ya, blanqueaba la avenida caliente y desierta. En la esquina, un *break* cruzó la bocacalle, tronó un momento sobre los adoquines y enmudeció de nuevo en el polvo del callejón. Las hermanas tendieron el busto afuera, pero no pudieron conocer a los viajeros.

—Tengo sueño todavía... —murmuró Eglé—. Si me hubieras dejado dormir...

Mercedes se animó de pronto:

—¿Vamos al centro?

—Mamá no va a querer.

—No importa; vamos a pedirle —y arrastró a su hermana abajo. En efecto, la madre se opuso resueltamente; el día anterior habían vuelto a las dos de la tarde y era bastante.

—¡Pero Lola! —se quejó Mercedes—. ¡No sabemos qué hacer!

Desde pequeña, en los momentos de ternura, Mercedes llamaba a su madre por el nombre.

Perdida, pues, la única esperanza de distracción, las jóvenes se miraron desconsoladas. Pero cuando hubieron subido de nuevo:

—¿Y si lo llamáramos a Rohán? —propuso Mercedes como un hallazgo.

—No —repuso brevemente Eglé—. Va a venir esta noche...

—¡Cierto! No me acordaba... Señora de Rohán... Queda muy bien. ¿Cuándo te casas?

Su voz había cambiado un poco. Eglé no respondió.

—¿Sí?... —continuó su hermana—. ¡Pues yo lo llamo por teléfono!

—¡Mamá! —levantó Eglé la voz—; Dile a Mercedes que no haga eso.

—¿Qué cosa? —respondió la madre.

—Quiere llamar a Rohán para que venga...

—¡Mercedes! —clamó la señora desde abajo.

—¿Por qué, mamá? ¿Acaso porque sea novio de Eglé, va a dejar de ser amigo nuestro?

—No; pero no está bien.

—¿Pero por qué?

—¡Porque sí, mi hija! ¡No seas ridícula!

La joven miró entonces fijamente a su hermana, entornando los ojos.

—No lo voy a comer, a tu Rohán...

—Creo lo mismo... —repuso Eglé tranquilamente.

—¿Qué crees?

—Que no lo vas a comer.

—¡No! ¡Puedes estar segura! ¡No te tocaré absolutamente a tu Rohán! —insistió Mercedes.

—Creo lo mismo.

—¡Crees!... ¡Dime, por favor! ¿Tienes celos de mí?

Eglé, sin responderle, se levantó con la expresión dolorida.

—¡Mamá! ¡Dile a Mercedes que me deje en paz!

—¡Mercedes!

—¡Nada, mamá! ¡Es Eglé! ¡No se le puede decir nada! ¡Muy bien! Quédate con tu amor, te dejo. ¡Pero puedes estar segura, mi hija, de que nadie te disputará tu felicidad!

Toda esa tarde perduró la acritud fraternal. Pero al caer la noche fueron juntas a la verja, y los comentarios cambiados forzosamente por hábito, trajeron insensiblemente la paz.

XVII

Rohán visitaba al principio los jueves, y en los primeros tiempos la semana le parecía terriblemente larga.

Como siempre se quedaba a comer allá, el miércoles de noche, al sentarse a la mesa en su casa, se acordaba contento: —Mañana no como aquí; es jueves—. Y al evocar a Eglé a su lado, riéndose cada vez que le pasaba el pan por indicación de su madre, sentíase completamente dichoso por ir a verla al día siguiente.

En las demás horas, fuera de los momentos de aguda pasión, el recuerdo normal de Eglé no le producía más que un grande contento de sí mismo, y una reposada claridad para ver y juzgar las cosas. Pero era sobre todo en las circunstancias íntimas: al acostarse, al levantarse, cuando evocaba a su novia; y al hacer o pensar algo bueno que ella ignoraba, o al escuchar algún vago elogio de él. —Si ella oyera... —pensaba en seguida.

Por fin el jueves tomaba el tren, acordándose a veces de los viajes que hiciera antes, cuando trataba de convencerse de que Eglé le era indiferente y bajaba en Lomas para ver solo a las de Elizalde.

Eglé lo esperaba; y a la hora, no antes, porque los días eran largos y la verja sin ligustro, comenzaban su dúo en el jardín.

—¡Amor, amor mío! —estrechábale Rohán la cara entre las manos.

Eglé, sonriendo, cedía a las sacudidas con que él apoyaba cada palabra de cariño. Por momentos quedábase ella seria y lo miraba atentamente, como si resolviera un problema de dudas sobre el amor de Rohán, o hundiéndose en una de las femeninas y características desviaciones de pensamiento. Rohán sostenía el examen, pensando a su vez en su extrema felicidad el día que Eglé fuera suya. Y ante esta inconfundible expresión, Eglé se entregaba, arrimando su frente al cuello de él. Cuando Eglé sonreía así —mientras Rohán le sostenía alta la cara del mentón—, Rohán sentía bramar dentro de sí, pugnando por escapárseles, los leones del deseo, y tenía que quedar un rato inmóvil, recostado al pecho de su novia para aplacar a aquellos con hondas inspiraciones.

—Eglé, mi alma...

—¡Sí, tuya, tuya! —murmuraba ella.

—Si vieras lo que he sufrido...

—¡Y yo!

Quedaban un momento graves, estrechándose más.

—Mi amor…

—Sí…

—¿Para siempre?

—Para siempre.

—¿Para mañana?

—Sí, sí…

—¿Y para un año?

— Para un año.

—¿Y para muchos años?

Eglé se reía, demasiado dichosa ya para continuar el juego que ahogaban al fin con sus labios. En otros momentos, Rohán:

—De lo que estoy seguro es de quererte mucho más que tú a mí.

—¡No es verdad! —protestaba Eglé.

—Completamente cierto. Y si…

—¡No, no! Yo te quiero más. ¡Si vieras!…

—Dime —cambiaba él entonces de posición para mirarla de frente—: ¿Por qué no querías hacerme ver que me querías?

Ella, contraída, se echaba sobre el pecho de Rohán.

—¡Te quería tanto! —murmuraba. Rohán la besaba en la nuca, apartando el cabello con los labios para alcanzar más alto. Y añadía:

—¿Creías que yo me acordaba de aquella noche, cuando eras chica?

—No, no...

—Sin embargo, no hay otro motivo... ¿Y me querías mucho entonces?

—¡Mucho, mucho!...

—¿Menos que ahora?

—¡Más!...

—¿Es decir que ahora me quieres menos?

—¡Oh, malo! —se incorporaba ella por fin, probándole en largos y húmedos besos su error.

Naturalmente, evocaban a cada rato los menores detalles de sus choques anteriores, pero sin lograr nunca ponerse de acuerdo sobre las causas. Lo que para Rohán era evidente, para Eglé no eran sino insidiosos sofismas de aquel. En resumen, todo había pasado por mala interpretación de Rohán, según ella, y por coqueterías de Eglé, según él.

—¡Pero no! ¡Te juro que no! —protestaba la joven.

—¡Pero sí! —porfiaba él—. Te gustaba que te quisiera.

—¡Ya lo creo! —se reía Eglé abrazándolo.

—Y si te gustaba que yo te quisiera y tú me querías, ¿por qué hacías eso?

—No sé, te juro que no sé...

—¡Yo lo sé, en cambio!

—¡Dime!

—No quiero —respondía él atrayéndola.

—¡Dime, dime!

—No quiero...

Y sobre su boca y su cuello susurraba: —No quiero... no quiero... no quiero... —tan bien, que los leones volvían a bramar, trayendo la tregua necesaria.

Pero al rato:

—Quisiera saber qué se ha hecho de la personita impasible de antes...

Eglé se reía, dichosa. Constituía una de las más frescas impresiones de Rohán, el haberla presentido así, profundamente afectiva.

—¿Ya no hay más gestos de reina, parece, señorita?

—¡No, no!... ¿Y me querrás mucho tiempo, tú?

—¡Psss!... Doce años.

—¡Qué horror!

—Sí; pero como tengo once más que tú, en verdad son aún veintitrés de amor. Once años... ¿mucho, verdad?

—¡Cállate!...

—¿Aunque nos casemos?

—¡Oh! —clamaba ella entonces, si bien aproximando a Rohán su cara echada atrás, y en su boca aquella sonrisa con una sola comisura de los labios, que Rohán absorbía en un mudo, hondo y estremecido beso que arrancaba un ronco bramido a sus leones.

A veces, sin embargo, la charla era muy seria.

—Supondrás —asegurábale él— que deseo para ti la

misma libertad que para mí. Si quieres ir a un baile, hazlo. Ten la plena seguridad de que te quiero bastante más de lo necesario para hacerte la ofensa de creer que vas expresamente a un baile a enamorarte. Y a este respecto, otra cosa: si alguna vez llegamos a ir juntos, no daremos el cargante espectáculo de meterle a la gente por las narices nuestro amor y nuestras inseparables personas. Tú bailarás por tu lado, y yo por el mío, fuera de los momentos en que tengamos natural deseo de estar uno al lado del otro; ¿te parece?

Eglé asentía, aunque no hubiera deseado que él hablara así. Y como quedaba mirándolo, hundida de nuevo en su giro de pensamientos deductivos, él observaba:

—¿Te da pena que no sea celoso?

Eglé se recostaba en su hombro sin responderle.

—No desees verme celoso —sonreía él acariciándola—. Te aseguro que no es agradable.

Luego Eglé, que suponía a Rohán excesivamente afecto a las mujeres, ponía en él sus ojos de duda y fe:

—No me importa que hayas querido; lo que deseo es que me quieras a mí.

—Sí, a ti sola... a-ti-so-la. Y tú —añadió él en esta ocasión, observándola—: ¿Has querido alguna vez?

Tras una breve pausa, Eglé respondió:

—Sí, creí querer... Pero ahora que sé cómo te quiero a ti, veo que no amaba.

Su cabeza y su brazo izquierdo habíanse de nuevo estrechado al cuello de Rohán. Este, seguro de que Eglé no le mentiría, la besó agradecido de la confianza que en él mostraba.

A las once generalmente volvían al salón. Eglé tocaba el piano, con ritmo no siempre justo por la insistencia de Rohán en apoderarse de una mano, cuando alcanzaba en los bajos hasta él. La madre y Mercedes se aburrían discretamente. A las doce y veinte en punto se iba, pues no quería perder el último tren al centro y verse obligado a dormir en Adrogué, como ya le había acaecido dos veces.

XVIII

Pasaron así dos largos meses, y Rohán comenzó a hallar un poco largas sus visitas. Se retiraba cansado siempre, la cintura dolorida por las torceduras del busto en el banco, y a la mañana siguiente —como llegaba a su casa a la una y media y no se dormía hasta una hora después— levantábase tarde, lo que no era de su agrado. En consecuencia, dijo una noche a Eglé que en adelante tomaría el tren de las once y cuarenta. Eglé levantó los ojos con dolorosa extrañeza, y lo miró largo rato, mientras en sus ojos nacían, morían y tornaban a renacer sus dudas sobre el amor de Rohán. Rohán la miraba tranquilo a su vez, seguro de que en sus ojos Eglé no leería más que la natural y firme decisión de no cansarse demasiado... sin ningún otro motivo.

Eglé sonrió al fin débilmente, como las personas que consienten, convencidas sin embargo de que ellas tienen razón, y buscó el cuello de él.

—Yo no me cansaría de estar con mi novia... —murmuró.

—¡Qué sabes tú! —se sonrió Rohán, alzando el rostro oculto en su pecho—. Son cosas nuestras... Tú no sabes nada. Además, esto es típico de las mujeres. Todo el amor a nosotros está en ustedes únicamente: "No importa que él se fatigue o sufra; estando conmigo me da placer, y, por lo tanto, debe quedarse". ¿No es esto? Vamos, vamos... ¡Si te quiero siempre igual!

—Antes no te cansabas...

—Porque era al principio.

Eglé no comprendía y levantaba de nuevo los ojos. Rohán reafirmaba lo que acababa de decir con las sencillas razones de que por natural entusiasmo de comienzos de amor, sentíase antes más excitado e incansable. Aunque se daba cuenta de que esa verdad no era posible para una mujer enamorada, vale decir con peor interpretación de la habitual, a pesar de eso no podía menos de ser sincero con ella.

Dos semanas después, Rohán llegó a lo de Elizalde a las siete y media. Habíase quedado más de lo acostumbrado en la Dirección de Tierras, estudiando ciertos perfiles de pozos artesianos que acababan de llegar del sur a su división. Y en su entusiasmo por las mechas y sondajes, entretuvo largo rato a Eglé con los proyectos de lo que harían en la estancia cuando fueran algún día a vivir allá.

—Luego —concluyó besándole las palmas de las manos—

este es el motivo de haber llegado tarde. ¿Me perdonas?

Eglé perdonaba, con la misma débil sonrisa. Y en sus ojos Rohán leía claramente la triste certeza de que él la quería cada vez menos. Ella se lo decía a veces y él se echaba a reír.

—No, te juro que no... Es que ustedes sienten el amor de un modo muy distinto del nuestro... ¿No has leído por casualidad la *Historia de los Gabsdy* de Kipling?

—No, ¿qué dice?

—Algo muy parecido a lo que nos pasa... A lo que nos pasó, Eglé, mi vida... ¿Verdad? —la estrechaba de nuevo.

Pero como a la visita siguiente llegaba otra vez a las siete y media, y lo mismo las veces siguientes, Eglé, paseando sola a su espera por el jardín, sentía que se derrumbaba su felicidad de dos meses, porque el amor de Rohán se iba apagando poco a poco, y no la visitaba sino por no hacerla sufrir si le decía que ya no la quería más.

XIX

Una tarde, Rohán quedó muy sorprendido de no ver a Eglé esperándolo.

—Ha salido, pronto vuelve —le dijo la madre—. La menor de las Olmos estuvo hace una hora... Usted sabe la amistad que tienen con Eglé. Quería a toda costa que fuera a comer con ella... Es su cumpleaños, y nunca ha faltado mi hija. Al fin Eglé consintió en ir un rato, esperando estar de vuelta antes de que usted llegara. Ha venido temprano hoy —concluyó mirando el reloj.

—Sí, señora...

—Espero, Rohán...

—¡Oh! —se rio Rohán con franqueza—. ¡Supondrá que no soy tan chico!

—Ya va a venir —prosiguió la señora—. No puede demorar. Entretanto, ¿por qué no tocas el piano, Mercedes? Hace un año que no se te oye.

La joven comenzó, mientras la madre subía al primer piso.

Desde que Rohán tenía amores con Eglé, su amistad con Mercedes había perdido del todo la turbulencia de antes. Ahora hablaban juiciosamente, sin el menor recuerdo ni en la voz ni en los ojos de sus equívocos días. Acaso Rohán hubiera hallado modo y ocasión de fustigar un poquito aquellos nervios locos; pero la joven afectaba tal disposición a no ver ahora en Rohán sino un sencillo y querido hermano, que este no quiso insistir.

Esa noche, sin la presencia absorbente de Eglé, mal dormidos recuerdos despertaban agudos, mientras la miraba tocar. Había engrosado. La cintura quedaba ahora alta sobre el taburete. La falda, echada de lado, ceñía tirante los muslos, y bajo la axila la blusa tensa formaba pliegues. Conocíase claramente su fraternidad con Eglé en la igualdad de expresión cuando leía música: los mismos ojos entornados con esfuerzo de miopía, e idéntica dureza en la boca. Cuando concluyó su "Tosca", Rohán acercose al piano.

—¿No toca más?

—No —respondió la joven, recorriendo de nuevo con los ojos la música ejecutada —. Si usted quiere, sí...; pero no tengo ganas.

—No, gracias...

La joven se levantó sin mirarlo, oprimiose las sienes con la punta de los dedos, por costumbre de persona que ha sufrido jaquecas, y se recostó de brazos en la cola del piano, hojeando partituras. Rohán, con la rodilla encima del taburete, la miraba, mientras sus leones despertados comenzaban a asomarse a sus ojos. Dejó el taburete y fue a su lado.

—¿Interesante, esa partitura?...

—Sí, estoy viendo...

Rohán se aproximó más.

—Qué raro, todo esto... —señaló con el mentón un trozo cualquiera de la música.

—No, eso es fácil... Esto es mucho más difícil —señaló Mercedes con el dedo.

Rohán extendió la mano y se apoderó del dedo.

Sin pronunciar una palabra, la joven lo retiró y bajó la cabeza a las líneas inferiores de la página. Durante un rato ambos quedaron inmóviles. Rohán veía sin mirar la mejilla de Mercedes enrojecida junto a la oreja, y con las narices dilatadas respiraba hasta el fondo de su ser el perfume mareante. Lentamente rodeó con el brazo la cintura de Mercedes, aproximando en silencio su cabeza a la de ella. Al sentir el contacto, la joven se estremeció; subió los ojos en la página y su expresión se contrajo con desagrado, mientras el fuego de sus orejas invadía la mejilla entera. Como el brazo continuaba oprimiendo sin mover un dedo, la joven intentó llevar la mano atrás para desprenderse. Pero se detuvo y quedó inmóvil, más abrasada aún.

Rohán ciñó todavía el brazo, y vibrando de escalofríos puso sus labios en el cuello de Mercedes. La joven se oprimió todo lo que pudo contra el piano.

—¡Déjame! —murmuró.

Ante este tuteo inesperado, Rohán, con todos los leones en rugidos, la estrechó más.

—¡Déjame! —se quejó de nuevo Mercedes. Y esta vez logró llegar con su mano a la cintura y desprenderse, yendo a caer sentada en el sofá. Rohán la siguió y, mudo, atrájola violentamente a sí. La besaba aquí y allá con un pequeño gemido de deseo exasperado en cada beso. Al fin ella desprendió su boca y recostó su cabeza en la de él.

—Tú no me quieres... —murmuró con lágrimas en la voz, pero estrechándolo furiosamente al mismo tiempo.

—Sí, te quiero...

—¡No, no me quieres!

Rohán quiso decir algo, pero no halló una sola palabra. Mercedes midió su silencio.

—¡No, no me quieres! — repitió de nuevo fríamente, y levantándose a tiempo que llegaban la madre y Eglé.

Al ver a Eglé, Rohán sintió hacia ella súbita e inmensa ternura; ternura de marido, no de novio, algo de íntimo agradecimiento y mucho de honda protección, sentimiento que conocen los casados al día siguiente de haber sido muy injustos con su mujer.

XX

El jueves siguiente Rohán llegó un poco más tarde aún. Días atrás había adquirido cuantos catálogos de aparatos de sondaje existían en plaza. No bastándole esto, al salir de la oficina iba a una u otra casa; examinaba válvulas, grúas, diamantes; calculaba calibres y desgastes, todo con la atención y el tierno entusiasmo de un aficionado pobre que remueve un costoso mecanismo. Como temprano o tarde llegaríale la ocasión de abrir todos los pozos imaginables en la estancia de su padre, su ánimo industrial, pasando sobre mechas y sondas, llegaba hasta Eglé, ante la certeza de trabajar dichosamente un día, ella a su lado.

Contento de fe en sí mismo apresurábase a ir a Constitución; y de este modo, llegando tarde a Lomas, Eglé lo recibía lastimada. No le decía nada; pero Rohán notaba en su primera mirada y sobre todo en el modo de reclinar la cabeza en su cuello, que el desaliento proseguía. Rohán pensaba a su vez en la visible injusticia de su novia deseando, a costa de todo lo importante que él pudiera hacer en Buenos Aires, tenerlo con ella. Sabía que si hablaran desahogándose, todo pasaría; pero el mudo sufrimiento de Eglé, en vez de despertar su compasión, hacíale sentir más la sinrazón de esa pena. Y de este modo, no obstante los momentos claros, continuaban sufriendo a la par.

Ese jueves por fin, decidiose. Díjole todo lo que ella sentía y lo que sentía él.

—En el fondo —concluyó Rohán, acariciándola para mitigar la dura verdad— no hay sino el terrible egoísmo del amor de ustedes. Poco les importa la dicha personal —independiente del amor usufructuado— del hombre que quieren. Lo único que aman es su propia felicidad, la que les proporciona el hombre querido con su presencia. Por lo pronto, no es esto hallazgo mío... Con esta sola excepción —concluía pasándole la mano por la garganta.

Rohán no se había aún habituado a la sensación del terso cutis de Eglé, y cada vez que lo tocaba le sorprendía su suavidad. El encanto salíale de tal modo a los ojos, que ella comenzaba siempre a sonreír cuando él se disponía a acariciarla de ese modo.

—No, no es eso... —murmuraba esta vez Eglé recostando su cara a la de él—. Es que tú no me quieres como antes...

—¡Te quiero!

—¡No, no!

—¡Sí, sí!

—Vienes porque tienes lástima, nada más, de tu pobrecita Eglé...

—¿Lástima, verdad?... A ver, bien de cerca...

—¡Oh! ¡Así no vale! —protestaba ella ahogada de besos.

—¿Olvidamos todo, entonces?

—¿Vendrás más temprano?

—Eso no. De veras —agregaba seriamente—, te juro que tengo que hacer.

—Todos los días que vienes...

—Y los otros. ¿Olvidamos?

—Sí, olvidamos.

Y la paz se selló en esa ocasión con tal sacudida amorosa, que las peinetas de Eglé se desprendieron y el cabello cayó, cambiando instantáneamente su compostura de novia en frescura de recién casada.

Bajaron al jardín. Rohán a cada instante la detenía, echábale la cabeza atrás del mentón, y sobre el rostro de Eglé, bañado por la luna, en que la dicha reencontrada delatábase con arrobada expresión, surgía la lenta y divina sonrisa con una sola comisura de los labios.

—Mi amor, mi amor querido...

—Sí, sí...

—Mi alma...

—¡Toda tuya!...

—¿No te cansa?

—¿Qué? —retiraba ella la cara, temerosa.

—Lo que te digo; no sé decirte otra cosa...

—¡Oh!...

—Sí, sí... Mi amor, mi vida, mi alma querida...

Pero en esos torrentes de ternura, la boca, la nuca, el cuerpo entero de Eglé oprimido al suyo mantenía a sus leones en un constante bramido. Cuando aquellos se enloquecían, Rohán conteníalos rompiéndose las manos como en un torno tras la cintura de Eglé. Mas la dicha de haberse hallado de nuevo era demasiado fuerte para desprenderse uno del otro, y así los leones tornaban a soltarse, poniendo en cada dedo de Rohán un haz vibrante de nervios enloquecidos.

Esa noche, en un instante de tregua, Rohán echó una ojeada alrededor:

—Sentémonos, ¿quieres? Estoy cansado...

Rohán se sentó primero, y al sentarse Eglé la atrajo suavemente a sí. Eglé resistió oprimiendo su boca a la de él, y cayó en el banco a su lado. Rohán, el alma y la voz turbadas, insistió:

—Sí, mi alma, sí...

—No... no... —gimió ella.

Los leones enmudecieron de golpe. Ella lo sintió, sin adivinar claramente la causa, y redobló sus besos con muda congoja. Pero él se levantó.

—Es inútil ya —dijo con fría voz—. Estoy muerto.

Eglé quedó helada.

—¡Qué tienes! —murmuró.

—Nada… Vamos adentro… Me voy.

Eglé se levantó muda y marchó a su lado. Después de caminar diez pasos lo detuvo de la mano, mirándolo consternada:

—¡No te vayas así!…

—¡Muy gracioso! —rompió él con la voz trémula por la violencia que se hacía—. Hoy no te parecía bien… Que te besara, sí, pero eso no… Sabías que *no debías* hacer eso… Que te besara, sí, porque está permitido; pero eso no. Como si fuera diferente… ¿Te manchaba más que un beso que te sentara en las rodillas?

Eglé lo miraba angustiada en los ojos.

—¡Dime! —reanudó él—. ¿Te creías deshonrada por eso?

—No…

—¡Y entonces!… Lo que me da rabia es el cálculo…

—¡Oh!…

—… ¡Sí, el cálculo, el dogma de ustedes! Cuando después de una hora de cariño siento la necesidad de tenerte más cerca de mí, te acuerdas de que has aprendido que las mujeres no deben permitir eso… ¡Y conmigo, como te quiero yo!

—¡No, te juro!…

—Pero y si me quieres y crees que te quiero, ¿por qué no quisiste? Esto es lo que me indigna: ¡que te hayas resistido, no porque no lo desearas, sino porque habías aprendido que *no debías* hacer eso!

Llegaban ya hacia la casa; pero se detuvo bruscamente.

—Es imposible que me vaya así... Caminemos un rato.

Caminaron apartados, mudos. De pronto Eglé murmuró en voz baja y lenta:

—Lo que te aseguro es que pocas novias harían lo que hago yo...

Rohán no respondió en seguida, profundamente herido por el simulado candor de Eglé.

—¿Tú crees que los novios no besan a sus novias? —preguntó al fin con amargura.

—No me refiero a eso... —repuso Eglé mirándolo con triste firmeza—. ¡Digo que pocas novias soportarían lo que me estás diciendo!...

Rohán se encogió de hombros. Seguía rabioso, con temor de hablar y decir algo de que después debiera arrepentirse.

Hasta ese instante habían girado sin cesar alrededor de un macizo. Poco a poco la costumbre les hizo extender el radio y llegaron así cerca del banco en que acababan de escollar. Rohán, que iba a la izquierda de ella, esquivó el banco, cortándole el paso hacia otro sendero. Eglé se detuvo a medias y buscó sus ojos, pero él no la miró. Entonces ella lo detuvo.

—¡Mira! —le dijo con súbita y angustiada decisión—. Hace dos años yo tuve un novio... Y por la resistencia que hice es que todavía soy digna de ti.

La primera impresión de Rohán fue desastrosa: nunca le había dicho ella que hubiera tenido novio. Pero casi en el mismo instante, midió la nobleza de la pobre criatura al hablarle así.

—Muy bien... Te agradezco mucho lo que acabas de decirme. Pero yo también te juro que si hubieras hecho lo que yo quería hoy, siempre serías para mí tan digna de mí y de ti misma como ahora —concluyó—. Y recogiéndola con tiernísimo respeto:

—Bueno, mi amor, se acabó...

Eglé se recostó a él, temblando en escalofríos que le recorrían todo el cuerpo. Un momento después Rohán sentía en el cuello una gota tibia. Profundamente enternecido:

—No, mi alma...

Ella entonces se oprimió más, conteniendo sus sollozos.

—¡Te quiero tanto!...

—¡Si yo también te quiero! Bueno, se acabó...

—¡Estoy tan contenta de habértelo dicho!...

Prosiguieron caminando cogidos de la cintura, entregándose en oprimidos besos el consuelo de su amor lastimado. Poco a poco, sin embargo, las caricias de Rohán disminuían, mientras su expresión cambiaba. Eglé lo notó, y deteniéndose ante él lo miró con honda súplica. Rohán, inmóvil, soportó fríamente el examen. Luego se desprendió, reanudando la marcha.

—Lo más doloroso para mí —rompió de pronto— es que hayas necesitado acordarte del otro para defenderte de mí...

—¡Oh! —lo detuvo Eglé, apartándose. Rohán la atrajo en seguida.

—No, no... No quise decir eso... No sé lo que me digo... ¡Perdóname!

Eglé lo besó con honda pasión, repitiéndole de nuevo, pero ahora con dolorosísima evidencia, como si se lo dijera a sí misma:

—¡Te quiero tanto!...

Pero el tormento de Rohán proseguía. Volvía y revolvía, mientras caminaban, lo que acababa de decir a Eglé. Apenas concluida su frase, había sentido él mismo su ofensa. —Pero por algo lo dije —obstinábase—. Al fin creyó ver claro.

—Vuelvo, sin embargo, sobre lo que te he dicho —rompió de nuevo—. Me turbé hoy y no supe qué responderte... Dime, ¿por qué me dijiste hace un rato que habías tenido novio?

Eglé, hundida en su quebranto, no pudo entrar en seguida en la argumentación de Rohán, y quedó inerte, mirándolo. Pero él, frío, insistió:

—¿Por qué me evocaste el recuerdo de la resistencia que debiste hacer antes, en pos de lo que quería hacer yo?

Indudablemente estaba en lo cierto. Eglé, llena de angustia por la injusticia de Rohán, se había apoyado en su doloroso recuerdo para que su novio comprendiera el peligro que corría con él queriéndolo como lo quería. Eglé vio también que ese era —no obstante la dureza con que Rohán lo había planteado— el único motivo de habérselo dicho. Durante un rato quedaron mirándose, mientras seguían mutuamente en sus ojos sus pensamientos hermanos.

—¡Dime! —la recogió bruscamente—. Dímelo con toda franqueza: ¿Me quieres mucho, mucho?

—¡Oh, no sabes cuánto!

—¿Me quieres a mí únicamente?

Eglé apartó la cara, lo miró angustiada y volvió a recostarla sin decir una palabra, en el pecho de Rohán.

—¿Únicamente? —insistió Rohán.

Ella entonces lo estrechó, vibrando de transida convicción.

—¡Sí! ¡Sí!... ¡No sabes, no sabes cuánto te quiero!...

Esta vez, y por el resto de la noche, la paz no se interrumpió.

XXI

En el tren, Rohán volvió a evocar uno a uno los incidentes de esa noche. Sobre todas las cosas, sentíase satisfecho de Eglé. Veía siempre su expresión de sufrimiento y decisión final, a pesar de todo lo que él pudiera creer, cuando le dijo aquello, después que él la había querido sentar en las rodillas...

Y de pronto, con la instantaneidad del rayo, vio *al otro*, queriendo hacer lo mismo, en el *mismo* banco... ¡He aquí por fin el verdadero motivo que la llevó a confiarse! ¡Esa coincidencia, ese mismo rugido masculino que tornaba a repetirse en el mismo banco, había provocado el sufrimiento de Eglé!

Como si lo hubieran empujado bruscamente por la espalda estando distraído, el corazón se le paró. Vio con una intensidad terrible a Eglé resistiendo, y al otro recogiéndola: "Sí, sí...". El cuadro se le fijaba casi hasta la alucinación. No veía nada del otro, ningún rasgo; pero sentía en él al hombre, al hombre ardido de deseo, asaltando... ¡A

Eglé!... Sintió un odio brutal, odio tan impulsivo y a flor de animalidad, que fijando sin querer la vista en un pasajero de negro que veía de espaldas, tuvo la plena seguridad de matarlo, si hubiera sido el *otro*... Pero no seguridad de fría convicción adquirida en casa tras complicado raciocinio, sino el impulso que sentía en ese instante mismo, en los ojos y en los dedos; una certeza convulsiva en las manos al encarnar al otro en el sujeto... Veía a Eglé, besándolo como lo besaba a él, mirándolo como lo miraba a él, la sonrisa con una sola comisura...

Respiró violentamente porque sentía un ardiente empuje interno que le echaba la sangre afuera. Pero el banco volvía... volvía... No se veía ahora él sentado con Eglé: lo veía al otro... Y revivía todas sus situaciones de mayor cariño con su novia, pero ocupando la sombra maldita su lugar. Evocó sus más íntimos recuerdos —de detalles nimios, a veces— que le probaban fundamentalmente el amor de Eglé. Y veía en las mismas situaciones al otro con ella, las mismas circunstancias en que Eglé le decía ex-ac-ta-men-te lo que le había dicho a él, a Rohán...

Se daba cuenta de que se deslizaba por una pendiente de locura; pero no podía ni quería tampoco dominarse.

"Tuve que resistir"... Él sabía qué quería decir esto; sabía lo que es atacar, la violencia arrolladora que hay en un novio. Y el otro había querido sentar a Eglé... ¡A ella, maldición!

La misma desgraciada frase de Eglé lo exasperaba: "Tuve que hacer resistencia"... Eso suponía besos otorgados por Eglé... Volvía a detenerse bruscamente, con la sensación de estallar si continuaba evocando. La garganta, reseca, dolíale. Sentía él mismo el calor que irradiaba su cuerpo, y la cara le abrasaba. Cada cuadro sostenido suspendíale la respiración, hasta recobrarla violentamente al afrontar el límite de su tolerancia imaginativa.

Por fin llegó a Constitución y tomó el tranvía, momentáneamente aplacado; pero una vez inmóvil, el análisis recomenzó. Lo que dominaba en toda esa tortura era el odio al otro, el violento acceso de destrozar al que nos tocó a nuestra mujer. Y más fríamente, la seguridad adquirida en esos momentos de matar a su mujer el primer día que llegara a darle verdadero motivo de celos.

Comenzaba a apaciguarse. Lo que me amarga —decíase— no es que haya tenido novio, y que este haya tratado de hacer lo que todos nosotros; sino el no habérmelo dicho antes. ¿Qué pudiera haberle respondido, si al principio de nuestra amistad me dice sencillamente que había tenido novio? Pero casualmente, y tarde ya, se le ocurre confesármelo en la forma más terrible y evocadora para un hombre...

Súbitamente evocó el rostro de Eglé, desesperada de verlo tan injusto: —"Mira: yo tuve un novio; y por la resistencia que hice"...

Rohán saboreó en toda su pureza la noble angustia de

Eglé, al entregarle en esas palabras su modo entero de ser.

Una caricia de frescura calmante recorrió sus nervios doloridos. Comprendió plenamente la cantidad de amor *honrado* y de fe en su inteligencia que suponía esa confesión, después de lo que él había querido hacer. Y una nueva caricia, esta vez de dicha recuperada, suavizó su alma. —Vale mucho más de lo que yo creía —se dijo—. No sé qué muchacha, repleta de besos desviados e hipocresías de amor, hubiera sido capaz de esa sinceridad...

Pero una sola palabra evocada lo precipitó de nuevo en el abismo. "Resistí"... ¡Sí, claro! Eso quería decir caricias insistentes del otro, cada vez más oprimidas...

La intensidad de la evocación fue tan incisiva, y tal el odio al otro retratado en su semblante, que un sujeto en quien Rohán tenía la vista fija sin darse cuenta de ello, lo miró de mal talante.

Sintiose por fin calmado. De toda esa horrible noche no veía ni sentía sino el doloroso valor de su novia, que le aseguraba en aquel sollozo de sinceridad, la paz inconmovible del porvenir. Pero, a punto de dormirse, arrobado por esta dicha, vio de repente al otro, vestido de negro, en su lugar. Quiso arrancarse a la alucinación, y no pudo conseguirlo; al otro era a quien besaba Eglé. Al otro era a quien miraba con los ojos entornados... Y en sus tres horas de insomnio recidivaron —más agudas y quemantes— todas sus torturas de esa noche.

XXII

Cuando tres días más tarde Rohán fue a Lomas, mantuvo largo rato estrechada a Eglé sin pronunciar una palabra, como si en esos tres siglos de infierno hubiera perdido la noción de su existencia real.

En esos tres días, lo único que lo había consolado era la seguridad de que estando con ella, sintiéndola suya, olvidaría todo. En ese instante era de él, toda de él, únicamente suya. Cuando de pronto, al sentir la mano de Eglé sobre su cabeza, vio nítidamente al *otro* en su lugar, en otra circunstancia idéntica a la actual.

Se apartó bruscamente y comenzó a pasear. Sintió, más que vio, la desolación de su novia inmóvil, y vio de nuevo al otro, caminando una cierta vez como él caminaba ahora, y a Eglé, la misma Eglé que quería calmarlo como a él en ese instante…

—¡Pero qué tienes! —gimió Eglé.

¡*Exactamente* eso había dicho al otro!

—¡Déjame! —clamó, arrancándose violentamente—. ¿No ves que me vuelvo loco?

Y, efectivamente, temía volverse loco si esa atroz pesadilla continuaba. Todo: el salón, su dolor, el silencio agravado por el tenue silbido del gas, toda esa situación había sido ya vivida por el otro...

Dejose caer al lado de ella, los codos sobre las rodillas, y se cubrió la cara con las manos.

Eso mismo había hecho el otro... Sintió el brazo de Eglé alrededor de su cuello.

—¡No, por favor! —clamó de nuevo levantándose—. ¡No me digas, no me hagas nada!

Con un violento esfuerzo pudo detenerse en esa pendiente de locura, y fue por fin exhausto a hundir la cabeza en el pecho de su novia.

—¡Pero dime! ¡Dime qué tienes! —gimió ella.

—No me veo a mí... —murmuró él.

Eglé no oyó bien.

—¿Qué?...

—No me veo a tu lado; veo al otro...

Ella lo estrechó con hondo amor y compasión.

—Si me conocieras más —dijo— comprenderías qué distinto fue aquello de esto... ¡del amor que te tengo a ti!... Yo era muy chica... Papá se empeñó...

—¡No, no me digas nada! No quiero saber una palabra...

¡Si no me importa que lo hayas querido! ¡Lo que no quiero es que te haya tocado!

Eglé, sin responderle, levantole a la fuerza la cabeza, y le tendió los brazos y la boca con un estremecimiento tal, que fue para Rohán lo que el primer soplo con olor a tierra mojada en una asfixiante depresión de tempestad. Y ella:

—¡No te figuras, no te imaginas cuánto te quiero!...

Y él:

—¡Y tú no sabes qué necesidad tengo de que me quieras!

En ningún otro momento Rohán habría lanzado esa exclamación. Pero ahora la sentía de tal modo, había surgido con tal atormentada sinceridad de su alma, que los ojos de Eglé se nublaron también de lágrimas.

—¡Y pensar —meditó él dolorosamente en voz alta— que he necesitado de todo este infierno para apreciar cuánto te quiero!...

XXIII

Al día siguiente se levantó Rohán con el espíritu tranquilo. Cuando dijo a Eglé, la noche anterior, que había necesitado todo aquel infierno para darse cuenta de cuánto la quería, no había hecho sino expresar ese sentimiento en la misma forma con que él se lo había dicho a sí mismo. Sus torturas habíanse caracterizado, como es natural, por súbitos saltos de odio a amor, y viceversa; y esto con la rapidez y la falta de transición que conocen bien las personas que han visitado, por dos segundos siquiera, el infierno de los celos. Había comprobado, a expensas de sus torturas, que amaba a Eglé mucho más de lo que él se imaginaba. —¡Y no haberme dado cuenta antes de cuánto la quiero! ¡Yo que le decía que fuera tranquilamente a bailar!...

En resumen, como tras una pesadilla que rememoramos después en todos sus detalles para apreciar más la dicha real, gozaba retropensando. Recordó entonces aquella ocasión en que al preguntar por curiosidad a su novia si alguna vez había querido, Eglé había respondido: "Una vez creí... Pero ahora que te quiero a ti, veo que me equivocaba"...

Rohán quedó frío. Era el *otro*, sin duda... ¿Por qué Eglé no le había dicho entonces que había tenido novio?

El veneno había entrado ya. Evocó en un segundo todas sus certidumbres de la honradez de su novia compradas tras días de martirio, y ni una siquiera resistió a esta pregunta: —¿Por qué me ocultó que había tenido novio? —La primera forma—: ¿Por qué *no me dijo* —hubiera pasado sin morderlo—; pero por qué *me ocultó*? Sobraba para aguzar hasta la raíz los colmillos de sus celos.

Recomenzó el ciclo de dudas, comprendiendo que por mucho tiempo no recuperaría su confianza en Eglé, él que no había soñado siquiera en averiguar qué había hecho ella durante sus ocho años de ausencia, por creerla incapaz de engañarlo. Y, sin embargo, le había ocultado... ¿Pero por qué, por qué motivo lo había ocultado?

Con esa terrible esencia de los celos de arrastrarnos a las probabilidades mínimas, a los raciocinios de excepción, por los cuales una mirada distraída de nuestra mujer a un individuo que está en el palco vecino basta para hacernos dudar brutalmente de diez años de amor y cuatro hijos, Rohán encontraba ahora en los menores detalles de su amistad en la casa, una prueba de la constante preocupación de Eglé y de toda la familia para que él no supiera aquello.

Pero ¿por qué? ¿Qué había pasado allí para ocultárselo de ese modo?...

Su inteligencia le advertía muy claro que no era ese el modo de raciocinar; pero su amor hiperestesiado y pervertido por los celos, le pedía a gritos raciocinios de esa especie. Su claro juicio le afirmaba: —Eglé no me lo dijo al principio, únicamente por motivos de seducción en las luchas de amor: no haber querido nunca es un encanto más. Más tarde no tuvo valor para decírmelo, temiendo el disgusto que me daría. ¿Cómo exigir más violencia de sinceridad de un alma femenina?

Pero la perversión deductiva desviaba a tal punto las menores palabras sueltas y silencios recordados, que se enfangaba en las más abominables suposiciones donde rodaban Eglé, Mercedes, la madre, hasta detenerse con un resoplido en ese vértigo de lodo.

En sus momentos de mayor odio a Eglé, había creído hallar un derivativo evocando a su hermana. El recuerdo de Mercedes, que en otras ocasiones lo excitaba siempre, disgustábale ahora. Mejor dicho, le daba asco. Lo cual no hacía sino reafirmarlo en la convicción de que amaba a Eglé muchísimo más de lo que él suponía.

Fue a Lomas en este estado de ánimo.

Como en esos días últimos, su novia lo miró con dolorosa atención al ir a su encuentro. Al ver sus ojos no tuvo duda de que otra noche de angustia la esperaba. Rohán, contraído, le puso por toda caricia la mano en el cuello.

—Necesito hablar contigo. Quedémonos aquí... Dime: ¿por qué no-me-di-jis-te que habías tenido novio?

Eglé, helada:

—Ya te dije la otra noche...

—No me dijiste nada.

—Sí... Quise siempre decírtelo, desde la primera noche; pero no tuve valor...

—Perfectamente. Pero ¿por qué no-te-ní-as-valor?

Acentuó tanto la atormentada duda, que Eglé irguió la cabeza y lo miró desesperada de tanta insistente tortura. Echó el brazo atrás buscando el banco y se dejó caer con la cara entre las manos.

—Sin embargo, eso no es respuesta —insistió él—. Dime esto, nada más: ¿por-qué-no-tu-vis-te-valor para decírme-lo?

—¡No, por favor!... —gimió Eglé, volviéndose al otro lado. Pero Rohán tenía tras él tres días de emponzoñada amargura, y cada noble evasiva de Eglé era una nueva inyección de veneno en la herida emponzoñada.

—¡Eso no es responder! ¡No es!... ¡Qué diablos! ¡Cuando uno compra una cosa, tiene el derecho de saber si ha sido usada o no!

—¡Oh! —exclamó Eglé, echándose de brazos sobre el respaldo del banco. Bruscamente Rohán se dio cuenta de su brutalidad, y comenzó a pasearse henchido de rabia. "La

he herido horriblemente... —se decía—. Si ha sido usada...".
Y al percibir nítidamente que era a ella, su Eglé pura y adorada, a quien concluía de insultar así, la violenta reacción lo echó a los pies de su novia.

—Eglé... Mi alma... Perdón... Perdóname...

Al atraerla sintió en sus manos los senos de Eglé, y este contacto acrecentó en ese instante la pureza de su ternura.

—Mi vida... perdón... Mi Eglé...

Eglé cedió al fin, aunque manteniendo los ojos cerrados. Temblaba en un escalofrío constante. Rohán levantole a la fuerza la frente, y la besó con apasionada, honda y grave pasión. Eglé contenía los sollozos a duras penas y Rohán sentía sus mejillas mojadas. Y el pensamiento de que esas lágrimas eran provocadas por él —un miserable— ceñíale la garganta en un nudo de enloquecedora piedad. Tanto dijo e hizo, que al fin Eglé sonrió.

—¡Que no vuelva esto!...

—¡No, jamás! Hacerte sufrir así... —Y adorándose a través de sus ojos húmedos, concluyeron en una rendida dicha de cabezas recostadas. Pero, a pesar de ello, Eglé había sufrido demasiado para no quedar agotada por el resto de la noche.

XXIV

Ese día Rohán salió a las cuatro del Ministerio. Sonreía solo al suponer la dicha de Eglé viéndolo llegar así, todo amor y sana paz, ella que vivía pensando angustiada en los ojos que tendría Rohán al llegar, pues ellos le daban en seguida la norma de su estado. En efecto, halló la inquietud prevista; y aún más, notó cambiada a Eglé: la boca sin gracia, el labio superior amarillento, y las pestañas de sus ojos azules agrupadas desigualmente.

—¡Mi amor!... ¿Has estado llorando?

Eglé, con una débil y fatigada sonrisa, se recostó a él.

—No... Esta tarde... No sé lo que tenía... ¡Tenía tanto miedo de que llegaras mal!... ¡Pero nunca, nunca más!, ¿verdad?

—¡No, nunca nunca! ¡Ya se acabó todo!

—Hace un momento pensaba: jamás podremos ser felices... Hoy va a llegar como el otro día, peor aún —se estrechó a él—.Y si vieras lo que sufro después, cuando te vas... ¡Pero nunca más!, ¿no? No podría vivir así...

—Sí, y seremos felices, ¡muy felices!

Subieron luego al salón y Eglé tocó el piano, bajo cuya influencia Rohán sabía bien que sus esperanzas reconquistadas lo llevarían a un definitivo porvenir de profunda felicidad conyugal. Después de comer bajaron de nuevo al jardín. Las horas pasaban, repitiéndose las mismas cosas que para su dicha tenían siempre inesperada novedad.

Desde el incidente del banco, los leones de Rohán no habían rugido. Temía excesivamente hallar en el jardín el lejano eco de antes, y la cicatrización de sus heridas era demasiado reciente para reabrirlas con el bramido rival. Pero esa noche, después de cinco horas de novia, sus leones rompieron la cadena al fin. Con violento esfuerzo consiguió, sin embargo, retirar la boca, los brazos, pero haciendo dar a Eglé del hombro —en desahogo de crispado cariño— una violenta vuelta sobre sí misma. Atrájola acto continuo, y al hacerlo creyó notar en los ojos de Eglé un velo de tristeza, como ante una pasada situación dolorosa de que no queremos acordarnos.

Súbitamente Rohán sintió al *otro* en la mirada de Eglé. ¡También él había hecho eso mismo! Quedó inmóvil, pero ya Eglé había notado sus ojos cambiados y le echaba los brazos al cuello. Rohán la contuvo.

—¿Sabes lo que es curioso? —exclamó—. Esto: ¡que la

menor caricia mía tiene el hermoso don de hacerte acordar del otro!

—¡Oh, no! ¡Te juro que no! —le echó Eglé los brazos consternada.

—¡Como sea! ¡Es de lo más encantador para un novio!

Ella tendió las manos a él.

—¡No! —la detuvo Rohán, sujetándole las muñecas—. ¡Basta por hoy!

Todo el tormento infamante había retornado, y comprendió que le sería imposible quedarse un momento más.

—Me voy... —se volvió a ella—. ¿Quieres traerme el sombrero? Diles que pierdo el tren.

Caminaron hacia la verja, sin hablar, y Eglé le devolvía muerta su rápido beso.

XXV

Apenas a la tarde siguiente se calmó Rohán. Pero entonces diose cuenta clara de su proceder. Cada noche de visita había sido un repetido tormento para Eglé; y lo que era más espantoso, siempre, siempre tomando por blanco de bajas dudas la honradez de su novia, arrastrándola por la fuerza a que palpara con él todo lo que es posible pensar de una novia cuando se tiene celos...

Llegaba la reacción. La maldita pesadilla de ver constantemente a Eglé con el otro en situaciones idénticas a las suyas, iba ya perdiendo su ciega facultad de tormento, en fuerza de analizar un millón de veces su esencia. La noche anterior había tornado, es verdad; pero ahora que se hallaba bien, sentía imposible una recaída. Dominábale sobre todo un gran deseo de hacerse perdonar por Eglé.

De pronto acordose, como de una cosa muy lejana, de sus sondajes y pozos artesianos. ¡Pobres mis mechas! —

murmuró sonriendo—. Y pensó en los bellos trabajos que haría un día —ella a su lado—, pero no a la manera de antes, cuando la conocía únicamente en la sala, sino ahora que había adquirido, tras ruda prueba, la seguridad de su modo de ser.

Retirose muy temprano del Ministerio y voló a Constitución, tomando el tren de las tres y cuarenta y cuatro. Como era temprano y Eglé no lo esperaba aún, bajó en Banfield y prosiguió a Lomas a pie, despacio y feliz. Y al evocar a Eglé, acercándose a él —la mirada angustiada de temor como siempre—, su certeza de paz final liquidose en extrema ternura.

Eglé concluía de vestirse cuando llegó y tuvo que esperar cinco largos minutos, tal vez un poco desilusionado por no haberla visto salir a su encuentro. Por fin entró su novia, y Rohán, que iba hacia ella, se detuvo inmóvil ante su semblante.

—¿Qué tienes? —le preguntó.

—Nada —repuso Eglé. Su voz era clara, pero no tenía entonación alguna.

Rohán la miró fijamente y tuvo la intuición desolada de que todo había concluido. Se sentó a pesar de todo; pero como la joven no se movía, Rohán se puso otra vez de pie.

—¿Qué tienes? —volvió él a murmurar.

—Nada —repitió Eglé.

Rohán dio entonces dos pasos y se detuvo a su frente:

—¿Quieres que rompamos?...

Ella no respondió.

—Podías habérmelo dicho antes —murmuró Rohán, yendo a coger su sombrero.

—Mira —le dijo Eglé, con la voz rota de embargo—: yo creo que no podremos ser felices así... Mejor es que dejemos...

—Como quieras... Pero te juro —agregó deteniéndose— que te he querido como tú no te imaginas...

Te he querido... Luego la ruptura estaba hecha ya. Eglé se dejó caer sobre el taburete, muerta.

—No... Mejor es concluir...

Rohán salió, sin ver a la madre ni a Mercedes, discretamente disimuladas. Miró las plantas conocidísimas, la manga abandonada sobre el césped, el banco en que ella había estado sentada sola *ocho* días antes. Se acabó... Se acabó... ¡Ya nunca más! ¡Nunca más Eglé lo miraría como antes! ¡Nunca más diría: mi Eglé!... ¡Ya nunca, nunca más tendría el don de verla sufrir por un solo gesto suyo!... ¡Y hoy, cómo la quería! ¡Hoy, que estaba dispuesto a adorarla para siempre, haberla perdido!

¡Te he perdido, mi alma, Eglé mía! —murmuraba, llorándose a sí mismo con la voz. Imaginó a Eglé, echándose de brazos en el piano apenas él se fuera, desolada en sus tres meses de esperanzas concluidas con la ida de Rohán. Jamás volvería ella tampoco a oírlo: —¡Mi Eglé, mi vida!...

Tuvo un desesperado impulso de regresar. ¡Sí, Eglé lo quería a pesar de todo! Y cuanto más lo comprendía, más comparaba la felicidad que pudo haber tenido con su desolación actual. Llegó a detenerse en una esquina, titubeando. Pero se contuvo y siguió hacia la estación.

—Mi destino de siempre... —murmuró amargamente—. Darme cuenta del valor de lo que tengo cuando ya lo he perdido.

Subió en el tren que llegaba, dueño otra vez de sí. Nunca más volvería. Al partir el convoy miró por última vez los arriates, las araucarias, la verja, como miramos al emprender un largo viaje las casas en que jamás nos fijamos, pero que sabemos están en adelante ligadas para siempre al recuerdo del lugar donde amamos y sufrimos por largos años.

* * *

Rohán se restregó los ojos —la vista un poco irritada—, y miró el paisaje. Salían de Victoria y dentro de un momento llegaría a San Fernando. Había evocado sus recuerdos con tal intensidad que se sentía aún oprimido. ¡Cinco años transcurridos!... —se dijo—. Creería que han pasado cien...

Iba a verla. Se dio también cuenta de que no había pensado una sola vez en ir a ver a Eglé Elizalde, o simplemente a Eglé, sino a *verla*. Efecto de costumbre —pensó—. Pero a despecho de esa costumbre, sintió en el estómago esa característica angustia que provoca la emoción de la espera. Dio su nombre a la sirvienta; pero como esta no pareciera haber descifrado poco ni mucho su apellido, el visitante se encogió ligeramente de hombros y extendió su tarjeta. Una puerta se abrió en el vestíbulo.

—¿Quién es? —preguntó impaciente una voz.

Mercedes... —se dijo Rohán—. Quisiera ver el gesto que hace...

Un momento después se le hacía pasar a la sala.

La sala estaba fría y desierta y olía a fresco barniz de muebles. Bien puesta, pero con una limpieza y orden excesivos, como sala costosa de gente no rica que la mantiene cerrada para que no se deteriore. A excepción de una vitrina y dos o tres pinturas de Mercedes, todo lo demás era nuevo para Rohán. Al cabo de un cuarto de hora la puerta se abrió y Mercedes avanzó, ostensiblemente incierta sobre la recepción que debía hacer a su examigo. Pero al ver la sonrisa de Rohán, Mercedes le extendió muy franca sus dos manos.

—¡Qué gusto nos da!... ¡Cuánto tiempo!

—Sí, mucho... He querido venir varias veces, y siempre una cosa u otra... Suponía —como supongo aún—, que mi visita no...

—¡Qué ocurrencia!... ¿Por qué? ¿Nunca más nos hemos visto, verdad? —preguntó.

—Nunca. Es decir, ayer las vi a usted y a Eglé.

—¿Sí?... No lo vimos...

La puerta tornó a abrirse y entró la madre. Apenas vio Rohán su aire lento y grave, comprendió que la señora esperaba ante todo que la condoliera por la pérdida irreparable que había sufrido... Así lo hizo Rohán, y la dama suspiró.

—¡En fin!... ¡Pero qué grata sorpresa, Rohán!

—He tenido muchísimo gusto... Acabo de decir a Mercedes que temía...

—¡Oh! ¡Cállese, por favor! Usted no tenía que temer nada. Bien sabe el cariño con que lo hemos recibido siempre en casa... Siempre nos extrañábamos... con Elizalde —sus ojos se apartaron un momento— de que usted, por su disgusto con Eglé, no hubiera vuelto más a vernos.

—Yo también, le juro... Pero poco después me fui al campo, y al principio estaba aún algo sensible.

La madre lo miró sonriendo y sacudiendo la cabeza.

—¡Qué muchachos!... —Y agregó seria—: Supimos no sé por quién, que su papá había muerto...

—Sí, señora; hace ya casi cinco años.

—¿Y usted vive allá? Eso sabíamos.

Y agregó con sencilla curiosidad:

—¿Quedaron ustedes en buena posición?

—Sí, soy hijo único… ¿No tendría el gusto de ver a Eglé?

—¡Oh, no faltaba más, Rohán! ¡Mercedes! Anda a ver qué hace tu hermana. —Y volviendo la cabeza a medias a Rohán, añadió:

—Dile que está bien como está… ¡Que no se arregle tanto!

Rohán sonrió también al recuerdo, y un momento después entraba Eglé. Contra lo que esperaba, solo sintió al mirarla gran curiosidad. Había gastado toda la emoción que pudiera haber sentido, reviviéndola una hora antes. Eglé lo saludó con perfecta naturalidad. Dijéronse: —¿Cómo le va? —a un tiempo, y se sentaron, mirándose con franca sonrisa.

—Está igual —rompió Eglé después de un instante de curiosa atención—. No ha cambiado nada.

Eglé tampoco había cambiado; pero sus cinco años más se conocían claro en la acentuación de los rasgos, y sobre todo en su tranquilo dominio para mirar.

—¿Hacía mucho que no lo veías? —se volvió la madre a Eglé.

—Sí, mucho. —Volvieron a mirarse sonriendo—. Rohán continuó:

—No sabía que vivieran en San Fernando…

—Sí, hace ocho meses… Poco después de morir papá.

Durante media hora la conversación prosiguió muy cordial.

—¡Mercedes!... ¿Una taza de café, Rohán? —recordó la madre—. ¿Y su estómago? — se rio.

—Bien, no siento nada ya... Sí, café.

Mercedes tornó a salir y al rato la madre se levantó.

— ¿Me permite, Rohán? Desconfío mucho de la habilidad de mi hija...

Rohán y Eglé quedaron solos. Rohán rompió, muy cordial:

—¿Quién nos hubiera dicho, verdad? Volver a vernos a los cinco años...

Eglé se sonrió.

—¡Cierto!... Yo creía que nunca más nos veríamos...

Pero es peligroso jugar con los pretéritos.

Yo *creía*. Eso era antes, cuando iba a Lomas... Otra vez se hallaba ante ella, *su* Eglé... El posesivo le evocó de nuevo la tarde final en que salió desesperado de la quinta, amargándose la boca con ese mismo *su* Eglé, que ya nunca más podía decir. Recordó tan vivamente su dolor de entonces, que la tranquilidad actual le echó del pecho en un suspiro de desahogo afectuoso:

—¡Cuánto la he querido!

Eglé lo miró de costado, devolviéndole su sonrisa.

—¡No fue usted solo, me parece!...

Apartó la vista y Rohán la observó rápida y atentamente. Era ella, sin duda; la misma boca, el mismo firme seno, las mismas cejas que se levantaban de cariñosa extrañeza. Pero la mirada… La mirada era otra; no cambiada en esencia, pero sí revelando claramente en su aplomo que los cinco años de experiencia no habían pasado impunemente.

Sabe muchas más cosas que antes… —pensó Rohán—. Pero ella:

—¿Usted se fue en seguida al campo, no?

—Sí. Poco después, cuando salí del Ministerio… —Y un súbito recuerdo le hizo exclamar jovialmente:

—¿Se acuerda de los pozos artesianos?

Eglé se rio.

—Me acuerdo. Esta mañana, por casualidad, me acordé también de una cosa.

—¿Qué?

—Cuando yo era chica, lo que usted me dijo en la calle una vez.

—Sí, ya habíamos empezado… —murmuró él—. Hace trece años…

Pero el café llegaba, y poco después Rohán quedaba solo con la madre.

—¿Cómo la halla a Eglé?

—Igual… No ha cambiado nada.

La señora parecía ahora abismada.

—Usted no se figura cuánto lo ha querido Eglé —agregó triste y gravemente.

—Lo mismo le dije a su hija cuando le parecí demasiado difícil —pensó Rohán. Pero la señora insistía:

—Creo que nunca más volverá Eglé a querer a nadie como lo quiso a usted...

—¡No fui yo quien rompió, sin embargo! —exclamó Rohán. La madre sacudió la cabeza con cariñosa lástima.

—¡Hablar así a su edad, Rohán!... ¡Eran cosas de Eglé! ¿Qué juicio quiere usted que tenga una chica a los diecisiete años?

Esperó respuesta, en vano.

—Dígame, Rohán... Si en vez de pasar eso antes, hubiera pasado ahora, ¡serían ustedes muy felices, se lo aseguro!

—Lo creo —sonrió Rohán con amargura—. Pero han pasado cinco años.

Por tercera vez la madre alzó a él sus ojos de compasiva y protectora experiencia.

—¡Qué muchachos!...

—¿Estas iniciales? —preguntó Rohán, que acababa de notar cuatro letras: A. M. y E. E. grabadas en un caracol de montaña con el que jugaba distraído.

—Son de Eglé, de Córdoba —repuso la madre con negligente sonrisa—. Es un recuerdo... No sé cómo está aquí... Tuvo amores con él; pero estoy segura de que nunca lo quiso...

Lo que la madre no recordaba en su insinuante filosofía había costado a Rohán muchas alucinaciones de jardines y bancos para olvidarse de que no era él ese primer amor.

Las dos hermanas salían ya, y Rohán se despidió.

—Lo que es esta vez —le dijo la madre con solemne cariño, tomándole las dos manos —, ¡júreme venir a vernos a menudo! ¡Usted no sabe cuántas veces nos hemos acordado de usted! ¿Lo promete?... ¿Conoce bien el camino? ¡Eglé! Acompáñalo hasta la esquina...

Rohán prometió volver. Pero estaba seguro de lo contrario. Llegó a tiempo a la estación y subió en el tren, con mortal frío en el alma. No cabía duda; su fortuna atraía ahora inmensamente a la madre, y Eglé tenía ya veintidós años y no quería quedar soltera... Recordó a su Eglé de antes, tan joven, y su sinceridad esencial sacudida por el amor, que hubiera hecho de ella una admirable mujer. Ahora era tarde. Por su parte él tenía treinta y tres años, y se hallaba completamente tranquilo de espíritu, trabajando en paz.

Destemplado por el atardecer hundiose en su rincón, y evocó las dos horas pasadas, página final de una historia cuya amargura no quería por nada volver a vivir. Mientras miraba por la ventanilla, en el crepúsculo frío, las flores heladas de cardo que se desmenuzaban volando al paso del tren, recordó la vieja balada:

"Cuando la tierra se enfermó, el cielo se puso gris y los bosques se pudrieron por la lluvia, el hombre muerto volvió, una tarde de otoño, a ver de nuevo lo que había amado".

No, no... Había comprado muy cara su felicidad actual para desear perderla.

Arrellanose bien en el asiento y suspiró de satisfacción, pensando que dos días después estaría tranquilo en la estancia.

FIN

Índice

www.ingramcontent.com/pod-product-compliance
Lightning Source LLC
Chambersburg PA
CBHW030209130726
47898CB00012B/939